宮沢賢治の声

啜り泣きと狂気

綱澤満昭
Tsunazawa Mitsuaki

海風社

人間よ、驕りを放下せよ。
なにゆえに根拠のない自信と誇りを
それほどまでに高らかに唄うのか。
喧騒と汚濁に満ちたこの現実世界で、
賢治の啜り泣きが聞こえるか。

宮沢賢治の声

——啜り泣きと狂気——

目次

まえがき

いま、ここに宮沢賢治が存在していたら、私たちに彼はなにを語ってくれるであろうか。なにも語らないかもしれない。

この喧騒とウソと浅慮さに満ちた世の中に、はたして賢治はどんな顔をして立ち尽くすであろうか。この腐りきった現代の日本列島に住む人たちを、彼はいったいどんな眼で見るであろうか。どうにもならないと絶望するか、それとも、ほんのひとにぎりにすぎぬが、日本の将来を憂慮する人間と手を結ぼうとするか。

賢治の眼光は鋭く、真の贈与とはなにかを知っている。したがって、ごまかしの同情を極力嫌う。現実世界の農民との接触の中で、彼は心臓をぶち抜かれる思いでそのことを知った。

弱者や貧者に同情し、涙を流す人間は掃き捨てるほどいる。しかし、その気持が現実世界に生きる多くの弱者や貧者に、どのようにかかわり、どのような具体的救済策が提供できるかになると、その話は皆無にちかい。

真の贈与の問題が、それほど簡単なものではない。なまなかな同情は弱者、貧者を結果として苦しめることになる。

批判、反逆もしかたがないことと諦め、ながい年月にわたって、その悔しい思いを内へ内へと押し込みながら、生きぬいてきた人たちの熱い情念を誰がよく代弁し、その情念を結集し、闘いにまでもっていけるか。

「代弁者」、「同情者」というものは、どこまでいっても「代弁者」であり、「同情者」であって、本人ではない。

彼らの声がどんなに大きく、勇ましく、悲痛な叫びであっても、彼らと本人たちとの間には千里の径庭がある。その径庭のあることの自覚が欠落するとき、その「代弁者」らは、悪意はなくとも、取り返しのつかない罪を犯すことになる。

「農のなかへ」というスローガンを短絡的に考え、夢を見てきた「知識人」が、日本列島にどれほど多く存在したか。農民の側に立っていると錯覚していた彼らは、傲慢な態度で舞い上り、弱者、貧者をいよいよ窮地に追いやった。そういう自称農民愛好家は少くない。

青春期のいわば贅沢な煩悶解消の手段として、猫の額ほどの田畑を耕し、帰農の唄を高らかに唄った田園詩人も多くいた。

「農のなかへ」というトンネルは長く厳しい真暗なもので、それもいくつもの針がこちらを向いているのである。このトンネルを通り抜けた「知識人」はまずいない。

土地制度の矛盾を中心とした、うっとおしい雰囲気の中で、絶望的日常をおくっている人々の悲しみは、この「知識人」たちの耳に届くことはない。

この血の出るような絶望的日常性を見逃して、帰農の歌を唄い、農や自然を美化し、聖化してゆくことは、「知識人」たちの安眠をむさぼる態度でしかない。

美しい自然の形容に使う言葉として、「山紫水明」があるが、松永伍一の次の説明を心にとどめておくべきである。

「故郷は山紫水明の別称となった。深々と詠嘆に沈むこと――それは大衆の生活意識の中から毒気を抜き去ることだった。」（『ふるさと考』講談社、昭和五十年）

賢治も「代弁者」、「同情者」の域を出るものではなかったのか。彼は死の直前まで農民のために、あらんかぎりの力をふりしぼった。文字通り決死の覚悟であった。

それでも、賢治は農民から全面的に尊敬されたわけではない。時には農民たちは賢治に冷たい眼を向け、彼の死力を尽す努力を、金持の息子の遊びとまで酷評した。それでも賢治は耐えぬいた。

昭和八年、地元の秋祭りが終った次の日、九月二十日の、あの農民との交流などは、見るも無惨な賢治の姿ではなかったか。呼吸困難におちいり、床に臥していた賢治に、農民が相談に来た。賢治はやおら立ち上って、着替を済まし、階下に降り、板の間に正座して、農民の話を聞く。顔面蒼白、残る力をふりしぼった。次の日、九月二十一日かえらぬ人となった。

この精神を真の贈与といわずになんというか。

この農民への献身的努力とは別に、賢治には壮大なロマンがあった。それは山や縄文によせる思いであった。日本の「正史」に描かれることのなかった縄文の世界に彼は酔いしれることがあった。それは渾沌の世界であり、未分化、原初の世界であった。この世界に身を横たえて賢治は眠りたかったにちがいない。

農民にたいし、生命がけの支援を惜しまなかった賢治であるが、もっともっと深いところでは、田畑を耕し、食料となるものだけを人間の都合で改良し、自然を支配し、自分が主人公になる生き方に、彼は心の安らぎを感じることはなかったのである。

農への突入と悲哀

賢治は執拗に生徒に対して、小作人になれという。単なる農民ではなく、小作人になってはじめて農民の姿が理解できるという。教え子たちも、この賢治の余りにも熱心な小作人への理想に驚いたという。

真人間として生きるには農民になることであるが、さらに優秀な農民は小作人である。小作人にならなければ、世の中のことは理解できないという。

ボロをまとい、粗食に甘んじ、栄達を捨て、ひたすら小作人として黙々と農業をやれ、しかも、その生活を十年間続けなさい。

十年間、誰が何をどう批判しようとも続けなさいという。

近代日本の多くの知識人にとって、帰農ということは、農業、農村に帰るという具体的な行為を含みながらも、それ以上に、観念の世界での、農、自然に寄り添い、そのなかであたたかく眠りたいという願望であり、米づくりの瑞穂の国への幻想的回帰を願うものであった。

汚濁と喧騒の渦巻く都市の生活に疲れはて、また、社会改革運動に挫折し、原初的生命の泉を求めて彷徨した詩人たちは枚挙にいとまがない。人間のもつエゴイズムに挑戦し、喪われた純粋無垢な魂を奪回するかにみえるこの詩に、彼らは瞬時の恍惚感を味わうのである。

しかし、そのような行為の果てにもたらされたものは、現実の社会的矛盾の隠蔽と現実回避と自慰行為の拡大のみで、近代そのものを総体として問い、それを打ち破り、超えるものではなかった。そのことは、かえって貧のリアリティーを助長し、農を核とするムラを聖なる領域としてしまったのである。いろいろな農への動機と志向が登場し、そして消えていった。多くの場合、それらは真の土着にもならず、貧の日常性を切り捨て、矛盾と桎梏の渦巻く現実世界を、単に聖なる世界に祭りあげただけである。

宮沢賢治（以下賢治と書く）も、農へかけおりていった知識人の一人であった。賢治はもともと農民ではない。明治二十九年に岩手県稗貫郡花巻町に生れた。父政次郎、母イチの長男である。賢治をつつむ宮沢一族、とくに母方の実家は、その土地の資産家であった。明治四十二年、花巻川口小学校を卒業し、盛岡中学校に入学している。大正三年に盛岡中学校を卒業し、次の年、盛岡高等農林学校に入学、大正七年に卒業、同校研究生となり、関豊太郎の指導を受ける。大正九年田中智学の国柱会に入る。この年の十二月に親友保阪嘉内に次のような手紙を書いている。

「今度私は国柱会信行部に入会致しました。即ち最早私の身命は日蓮聖人の御物です。従って今や私は田中智学先生の御命令の中に丈あるのです。」
(『宮沢賢治全集』(11)、筑摩書房、昭和四十三年、一七五頁。)

信仰の深さというようなことよりも、なにかじっとしておれぬという賢治の焦燥感が伝わってくるようである。

次の年、大正十年には上京して、国柱会を訪れ、高知尾智耀に会う。本部では不要といわれ、その機が到来するまで、自活することになる。

しかし、同年十二月、稗貫農学校の教師となる。しかし、この教師生活もながくは続かず、大正十五年にはこの農学校を退職し、農民(?)になる宣言をしている。

賢治は商家の跡取り息子である。農学校で学んだとはいうものの、農の世界に入る必然性はどこにもない。なぜ、農民になろうとするのか。理由はなにか。この学校を退職する一年前、つまり大正十四年六月に彼は保阪嘉内に次のように書き送っている。

「来春はわたくしも教師をやめて本統の百姓になって働らきます　いろいろな辛酸の中から青い蔬菜の毬やドロの木の閃きや何かを予期します　わたくしも盛岡の頃とはずゐぶん変ってゐます　あのころはすきとほる冷たい水精のやうな水の流ればかり考へてゐましたのにいまは苗代や草の生ゑた堰のうすら濁ったあたたかなたくさんの微生物のたのしく流れるそんな水に足をひたしたり腕をひたして水口を繕ったりすることをねがひます」

（同前書、二〇七頁。）

賢治のこの稗貫農学校退職について世間には一つの珍現象と映ったのか、意外とみられたのか、かなりの社会的反響があったのである。

大正十五年、四月一日の『岩手日報』は、賢治の農への突入を報じた。

明治四十四年には、江渡狄嶺[※1]が東京帝国大学を中途退学し、東京千歳村船橋に土地を借りて、農に帰ろうとした。狄嶺の郷土である青森三戸部五戸村の人たちに「狂」の人という印象をあたえ、大正四年には、橘孝三郎[※2]が、第一高等学校を退学し、茨城県東茨城郡常盤村で農業に従事する。地元の人々は驚いた。

賢治の場合も程度の違いはあるが、かなりの騒動をおこしている。

いくら名望家の息子とはいえ、一人の人間が教師をやめて農業をやるということが新聞記事になってしまったのである。

それはそうと、この賢治の農学校退職の思いはどこにあったのか。そうながい教師の生活ではなかったが、四年間という時間は、彼にとって、幸福な時間だったのである。欣喜雀躍するほど楽しい時間であったのに、どうして教師を辞するのか。そういう幸福感とは別に、賢治の内面に巣くうなにかがあったのか。生徒と接する時間だけが楽しかったのかもしれない。それ以外に楽しいことはなかったのかもしれない。その楽しくなかった時間を賢治はどう過したのか。鳥山敏子は、このあたりの賢治の気持を次のように語っている。

「花巻農学校を辞職するときに書いた『生徒諸君に寄せる』という詩には、〈この四ケ年がわたくしにはどんなに楽しかったか　わたくしは毎日を鳥のやうに教室でうたってくらした　誓って云ふが　わたくしはこの仕事で疲れをおぼえたことはない〉とあるが、『この仕事で疲れをおぼえたことはない』というのは、言外に『これ以外のことでは疲れをおぼえたこともある』と述べているのであって、授業などで生徒と接する以外に、賢治には疲れる事もあったのである。山は、賢治のこころの聖地であった。こころが疲れた賢治は、山へ行って聖なる気をもらっていたのではないだろう

1　江渡狄嶺（えとてきれい）一八八〇（明治十三）－一九四四年。大正から昭和期の思想家。東大中退。法律・政治を学び、聖書、トルストイ、クロポトキンに心酔。受洗後、徳冨蘆花らの世話で東京世田谷に「百姓愛道場」を開き、のち上高井戸に移る。

2　橘孝三郎（たちばな こうざぶろう）一八九三（明治二十六）－一九七四年。昭和期の農本主義思想家。超国家主義者。第一高等学校を中退の後、郷里に帰って一家一族のほとんどがともに働く兄弟村農場を実践し、大地主義、兄弟主義、勤労主義を三位一体とする農本主義精神に到達したといわれる。五・一五事件に参加。

か。」（『賢治の学校』サンマーク出版、平成八年、七三〜七四頁。）

学校退職の事情については多くの説がある。彼の出自からくる贖罪の念、農民芸術創造への熱情、学校内における人間関係など、諸説紛々としたところもある。

賢治の弟、宮沢清六はこの件について次のようにのべている。

「賢治が農学校をやめた理由についての近因は種々あったが、遠因をその前々からの言動から綜合して見るときに、『生徒には農村に帰って立派な農民になれと教えていながら、自分は安閑として月給を取っていることは心苦しいことだ。自分も口だけでなく農民と一しょに土を掘ろう。』というのが、彼の性格として当然であったろうと私には思われる。」（「兄賢治の生涯」、草野心平編『宮沢賢治研究』（II）筑摩書房、昭和四十四年、二五一頁。）

賢治は執拗に生徒に対して、小作人になれという。単なる農民ではなく、小作人になってはじめて農民の姿が理解できるという。教え子たちも、この賢治の余りにも熱心な小作人への理想に驚いたという。

真人間として生きるには農民になることであるが、さらに優秀な農民は小作人である。小作人にならなければ、世の中のことは理解できないという。

ボロをまとい、粗食に甘んじ、栄達を捨て、ひたすら小作人として黙々と農業をやれ、しかも、その生活を十年間続けなさい。

十年間、誰が何をどう批判しようとも続けなさいという。

自作農、地主の子どもなどには、そうしろと命令する賢治にたいして、相当な不平不満もあった。

これはいったいなんであったのか。

教員の四年間というものは、賢治にとってはきわめて幸福な時間であったし、教え子たちにとっても彼は実力のある熱心な教師として尊敬されている。授業のみならず、課外活動においても賢治は、努力を惜しむことはなかった。

生徒と共に喜び、笑い、そして泣いた。

しかし、どれほど彼が熱情あふれる教師であり、彼にとって楽しい生活であったとしても、生徒をとりまく環境は、賢治の夢や希望を全面的に受け入れるほど、単純なものではなかった。

家庭の経済は逼迫し学業が続けられない生徒もいた。賢治という一教師の使命感や生甲斐などは、冷酷な現実の前では、かえって生徒たちを苦しめる結果となっていたのである。貧農たちは、子どもを学校に入れる余裕などありはしない。経済的に恵まれていて、入学してきた生徒に、普通の農民ではダメだ、「小作人」になれという。

賢治の教え子の一人である松田甚次郎[※3]のことについて、ふれておきたい。彼は新庄鳥越の大地主の長男であったが、賢治の「小作人」になれと指導され、実践した一人である。そのいきさつが次のように語られている。

「小学校から県立楯岡農学校に入学、ここを卒業したのが大正十五年、彼一八歳のときである。続いて盛岡高農農業別科に入学している。…（略）…学業を卒え家郷に帰った旧家の若旦那を、部落民も一族も心から祝福してくれた。しかし、本人はお祝い気分にひたるどころの心境ではなかったと思われる。こんな雰囲気の中で『小作人になる』ときり出すことを悩んだにちがいない。…（略）…田舎の農家としては最高の学校までふましてやったのに、何も好きこのんで小作人になりたいとは。松田家の体面にかかわる。それこそ、村中の笑い者になるだけだと激しい反対を受けたのも当然であった。」（安藤玉浩『「賢治精神」の実践――松田甚次郎の共働村塾』農山漁村文化協会、平成四年、四六〜四七頁。）

3　松田甚次郎（まつだ じんじろう）一九〇九（明治四十二）―一九四三年。山形県出身の農業指導者、著述家。宮沢賢治の影響を受けて、郷里で後世の村おこしに当たる活動を実践し、その経験を記した著作「土に叫ぶ」はベストセラーとなった。

こんな思いに教え子を追い込む自分が、のうのうと月給生活をしているとはなんたることか、との強烈な内的嵐が賢治を襲ったにちがいない。

しかも、岩手の自然環境には想像を絶するような恐ろしいものがあった。この地に米作を行うということは、そもそもはじめから問題がある。暑い地方の作物を、この寒冷地に栽培すること自体、無理な話である。このことは新渡戸稲造なども指摘してきたことである。新渡戸も「序」を書いている半谷(はんがい)清壽[※4]の『将来之東北』は、こう語っている。

「東北の農は東北の気候風土を根拠としたるものならざるべからず。然るに今日までの東北の農は他の事物と同じく、一に西南に倣ひ西南に発達したる作物と其の作法とを輸入し来りたるものに外ならず西南は暖地なり東北は寒地なり、暖地の作物を寒地に移す、已に不自然たるを免れず。…(略)…元来不自然的の輸入物なるを以て動もすれば凶作の不幸に遭遇するを免れず。故に東北は幸に気候良好の歳継続して稍発達進歩の途に就かんとするの好運に向はんとするの時、一朝大凶作に逢はんか、数年の辛酸経営も忽ちにして頓挫蹉跌するより外なし。」(『将来之東北』モノグラム社、明治三十九年、九六〜九七頁。)

東北における稲作というものは、自然環境に適しないものを栽培しようというのであるから、そこには、さまざまな無理と強要が生じてくるのは当然である。自然界の「鉄則」を破り、稲作が強要されたのである。こうして強要された稲作は、いったい東北の地に何をもたらしたのであろうか。

飢餓の歴史を積み重ねるということがわかっていながら、この寒冷地に、稲

4　半谷清壽(はんがい せいじゅ)一八五八(安政五)—一九三二年。福島県の相馬に生まれる。大学卒業後は安達郡の教員となる。その後、小高で農談会という会を作り、乾田の普及につとめた。また、羽二重業、養蚕業に力を尽くし、後に相馬織物会社を設立した。農村開発の新しいモデルとして、富岡町夜の森を開拓し、半谷農場を経営する。代表作に「将来之東北」がある。

作を唯一絶対のものとして強要した人たちの責任は重い。

血ぬられた悲劇と飢餓の歩みが果てしなく続いた。稲の強要は、東北の強烈な情念を希薄化した。縄文の世界に宿る豊かで美しく強烈な文化を揺さぶり、稲作文化を押しつけることになった。

大正十五年に農学校を退職した賢治は、花巻の下根子に住み、開墾をはじめる。羅須地人協会[※5]を設立して、それを拠点にしたさまざまな活動をはじめたのである。

繰り返しになるが、賢治の心を強くとらえたものは、農学校の生徒に「小作人になれ」といいながら、自分は教師という職にいることへのうしろめたさがあったのは事実であるが、その根底には東北の風土と歴史があったのである。

厳寒、貧困、どれも暗く、冷たく、重い現実であった。

民俗学の宝庫だなどと民俗学者を喜ばせてはならない。血と汗と貧困にまみれた悲しみの歴史が重く存在するだけなのである。

呪縛と貧困で縫いあげられた日常を閑人の慰み物などにされてはたまらな

い。

真壁仁[※6]は、飢餓の風土について次のようにのべている。

「現実の稲作史は、惨憺たる飢餓（けがち）の歴史であった。かりに『東北地方古今凶饉誌』をめくっただけでも『宝暦五年。五月下旬より東北風吹き天気悪

5　羅須地人協会（らすちじんきょうかい）とは、一九二六年（大正十五）に宮沢賢治が現在の岩手県花巻市に設立した私塾。賢治は昼間周囲の田畑で農作業にいそしみ、夜には農民たちを集め、科学やエスペラント、農業技術などを教えた。また、それとともに自らが唱える「農民芸術」の講義も行われた。この講義の題材として執筆されたのが「農民芸術概論綱要」である。

6　真壁仁（まかべ じん）一九〇七（明治四十）―一九八四年。農民詩人、思想家。山形市宮町生れ。本名仁兵衛。尾崎喜八、高村光太郎らに学ぶ。芸術へ関心を深める一方、農民の解放をめざし農民組合を結成する。戦後は上原専禄の影響を受け、芸術の追求と人間の解放をひとつの旗の下に求めつつ、百姓こそ文化と芸術の母であり、東北は不毛の地域ではなく、列島文化の中心でさえあったとして東北復権を説いた。終生山形に土着し、「黒川能」の発掘と紹介に半生に尽力した。代表的な詩集に「青猪の歌」「日本の湿った風土について」がある。「みちのく山河行」で毎日出版文化賞を受賞。

く、冷気冬の如し。八月十六、七日大霜降り九月中旬まで不順にて田畑共立枯となる。餓死六万人。斃馬二万頭。』『天明三年。東北地方四月頃より東北風にて極寒の如く冷雨打続き暑気なく出穂後れ、八月十七、八日霜降り、同廿七、八九日暴風雨にて穀稔らず、南部餓死七万五千八十人、空家一万五百四十五軒。』『天明四年。津軽南部餓死疫死多く不仕付荒蕪地となる。』『天明五年。南部八戸大凶作』この天明の凶作はさらに六年、七年、八年と続いている。」(『みちのく山河行』法政大学出版会、昭和五十七年、二九三頁。)

凶作と飢えと搾取という現実のなかで呻吟する東北農村の重い重い歴史を知っている賢治は、この歴史と無縁で生き抜くことはできなかったであろう。この過酷な土地の寒風は、賢治の肌をも冷たく痛く刺した。真っ暗で、巨大なものとの闘いは、この風土なしには存在しない。彼はこのなかで生き、そして死んだ。貧者から絞り上げようとする父親への敵愾心も、この東北の風土に結びつくものであったまた、別のところでのべることになると思うが、彼の父親の家業、つまり商業という職業にたいし、これを強く批判し、攻撃する。

賢治の精神のなかにも、次のような農本主義者の発言に共鳴するところがあったであろう。

「農業はワシントンの言へる如く最も尊貴にして且つ最も有益であり健康なるものである。金に憧れず土と親しみ大自然を友とし、無欲にして汚き人を相手とせず、不羈独立正に天国の如きである。……（略）……商工業は金銭以外には何物もない、都会のみ発達せんか、その国家社会は甚だ危険といはねばならぬ、都会の欠陥を補ひ以て国家を安泰ならしむるものは農である。農家は安心立命の地位に立たなければならぬ。」（横井時敬『横井博士全集』第九巻、横井全集刊行会、昭和二年、一七頁。）

農本主義者の発言と同様、賢治も商業、都市は農業、農村の犠牲のうえに存在している吸血鬼のようなもので、強者であり、悪であるという。

反商業、反営利、反資本主義的性格をもったものが、賢治の作品のなかにみることができる。たとえば、「なめとこ山の熊」に登場する荒物屋の主人などは、他人の弱点につけこんで、好き放題の商売をしている。山のなかで生活している淵沢小十郎は、貧乏な猟師である。熊を討ってその毛皮を売って生計をたてる以外に生きる道はないのである。このような光景が描かれている。


「あの山では主のやうな小十郎は毛皮の荷物を横におろして叮ねいに敷板に手をついて云ふのだった。

『はあ、どうも、今日は何のご用です。』

『熊の皮また少し持って来たます。』

『熊の皮か。この前のまだあのまゝしまってあるし今日ぁまんつい ゝます。』

『旦那さん、さう云はないでどうか買って呉んなさい。安くてもいゝま

す。』」（『宮沢賢治全集』（7）、筑摩書房、昭和六十年、六三～六四頁。）

猟師小十郎には、どんなにやすくたたかれても、売って帰らねばならない事情があったのである。年寄りと子供をかかえた小十郎は、どうしても米を買う金が必要だった。そのことを熟知しているこの荒物屋の主人は、次のような条件でこの毛皮を引き取るのである。

『い〻ます。置いでお出れ。ぢゃ、平助、小十郎さんさ二円あげろぢゃ。』

店の平助が大きな銀貨を四枚小十郎の前へ座って出した。小十郎はそれを押しいたゞくやうにしてにかにかしながら受け取った。それから主人はこんどはだんだん機嫌（きげん）がよくなる。…（略）…いくら物価の安いときだって熊の毛皮二枚で二円はあんまり安いと誰（たれ）でも思ふ。」（同前書、六四～六五頁。）

「カイロ団長」という作品があるが、これは反商業というより、反資本主義的社会批判を濃厚にもつものである。悪辣な資本家が、純粋な労働者を借金地獄におとしいれるというもの。

雨蛙たち三十四が、花壇を作ったり、庭をつくって、平和な日々をおくっていたが、その雨蛙たちが、ある日「船来ウィスキー」を売っている殿様蛙の店を発見。一杯二厘半と看板にある。雨蛙たちは余りにも珍らしい酒なので、次々と杯を重ねた。六百杯も飲んだ雨蛙もいた。彼らは酔いつぶれてしまう。殿様蛙に叩きおこされ、飲み代を即刻払えとせまられる。そんな大金などない雨蛙たちに、殿様蛙はそれなら家来になれとせまる。正直で気の弱い雨蛙たちは、殿様蛙に思うように搾取される結果となる。そうこうしているうちに王様の命令がくだる。

王様の命令とは、資本家と労働者は平等の立場でなければならぬというもの。使用者が被使用者に、なにかものをいいつける時の条件を王様は指示する。次のような情景がえがかれている。

「とのさまがへるはホロホロ悔悟のなみだをこぼして、『あゝ、みなさん、私がわるかったのです。私はもうあなた方の団長でもなんでもありません。私はやっぱりたゞの蛙です。あしたから仕立屋をやります。』あまがへるは、みんなよろこんで、手をパチパチとたゝきました。」(『宮沢賢治全集』(5)、筑摩書房、昭和六十一年、二一一〜二一二頁。)

このように、両者は円満解決という話である。現実世界では王様の命令などくだることはなく、労働者は苦境におとしいれられてゆく。

賢治の社会批判の弱さが露呈しているという見方もあるが、ここでは商業資本の侵入の恐怖を見るだけでよかろう。

商業にたいする憎しみが強くなればなるほど、農業は聖なる領域へかけのぼってゆく。

彼が商人宮沢政次郎の息子であるかぎり、社会的に堂々と座る場所はない、ということを自覚し、貧にして聖なる世界に、自分を没入させることによって、存在の意義を発見しようとする。

大正十五年に農学校を退職した賢治は、下根子に移り、一人で自炊の生活に入る。住まう家は祖父が療養のために使用していたものを改造したものであった。ここでの生活が彼の思いを完全に充足させたかどうかはわからないが、なんとしても、自分をそこに追い込まざるをえなかったのは確かであろう。

この年の八月には羅須地人協会を設立し、農村の若人に農業指導、芸術指導を行った。

賢治はムラと農民たちとの同化をめざし、接触していった。この時、賢治を待っていたムラ、ムラ人とはいったいどんな集団でどんな人たちであったのか。どんな顔が賢治を待っていたのか。彼の農民志願をムラはいかなる眼をもって迎えたのか。賢治は自分のもてる体力、知力のすべてを惜しみなく捧げようとした。

稗貫郡の土壌を、彼は研究生として、よく調査、研究をしていたので、その地に適する肥料、品種を的確に選択することが可能であった。

科学的根拠にもとづいて、賢治は指導ができた。ムラが、ムラ人が賢治を受け入れるとすれば、自分たちの稲の収穫が増すということの一点についてであった。彼は二千枚におよぶ肥料設計をやってのけたといわれている。

急進的革命的農村改革が不可能なかぎり、この肥料設計と品種の改良は、現状を改善してゆく唯一の手段ともいえるものであった。あたえられた環境のなかで、ギリギリの生産可能性への協力、支援であった。

明治以後の農業政策の根本は、小農制を維持しながら、生産を高めることを可能にする品種改良と化学肥料の使用であった。

この肥料と品種の改良は、地主にとっても、一般農民にとっても喜ばしいことであった。

筑波常治がこの点に関して次のようにいっている。

「地主としては、地主制度はくづしたくない。しかし、収穫をたかめることは、それだけ地代を値上げして、小作料の収入を多くする。まさに、願ってもない幸せであった。そして、農民は、いぜんとしてはげしい肉体労働をしながら、零細経営にあえいでいる。…（略）…あたらしい品種と化学肥料は、そのために特別な労働を必要とせず、しかも収穫だけは多くなる。かれらがそれにとびつくのは、まことに当然な人間的欲求であった。増収した分だけ小作料がたかくなって、持っていかれてしまえば、こんどはさらに新しい品種をもとめて、その分をおぎなおうとする。そうして自転車操業的に、肥料は多くなり、新品種はもとめられた。」（『日本農業技術史』地人書館、昭和三十四年、一六三頁。）

賢治の研究の意図が全面的にそこにあったかどうかは別として、彼の研究のある領域は、この状況にうまく生かされたといってよかろう。彼が地主―小作関係の複雑な矛盾を知らないはずはない。しかし、この大きな壁の前で賢治ができることは何であったのか。本質的矛盾の打破よりも、現実の利益が優先するという決断が必要だったのである。

賢治がこの地主―小作の関係を見失ったという人がいる。その人は見失った理由を次のようにのべている。

「その理由の第一は当時の小作問題は自然の暴力を科学が征服することによって解決されると考えたことにあり、第二に地主もまた没落するという事実を過大に評価したためであり、第三におそらくかれの宗教的資質が人間関係の対立を無意味なものと感じさせたためではないかと思われる。」

（中村稔『宮沢賢治』筑摩書房、昭和四十七年、四〇頁。）

ここで中村がいうように、賢治は地主と小作の関係を本当に見失ったのであろうか。そうではあるまい。押し寄せてくる現実的問題の解消を賢治は優先したといったほうがよかろう。

肥料、品種の改良などによって、土地制度の矛盾が解消されるなどと賢治は楽観していたわけではない。自分の才力の限界を熟知し、農民のために寄与できるものは何かを考えれば、肥料や品種の問題に落ち着かざるをえなかったのである。

いうまでもなく、賢治は社会主義運動や農民運動に無関心であったわけではない。どれほど社会主義について研究をしたかは別として、農民、とくに貧農への同情はきわめて強いものがあったし、現実に労農派※7との接触のあったことをいう人もいる。

「賢治は羅須地人協会時代において、まぎれもなく労農派のシンパであり協会はその運動実践のためのものであった。――この立場に立つとき、賢治が農学校の教師をやめてから、この協会を足場に新しい生活にとびこむまでの期間を記した、これまでの伝記に痛感される歯切れの悪いもやもやがたちまちにして消え、いっさいがはっきりしてくる。…（略）…彼がそれまで感受し得なかった農業、農民の生態への目がはじめて開かれ、そこでこの世のために役に立ちたいという生来の喘ぎ（菩薩行）は、具体的にはこれら地もとの農民の生活を少しでも楽にしてやることだと、はっきり自覚されてくる。」（青江舜二郎『宮沢賢治―修羅に生きる』講談社、昭和四十九年、一五二頁。）

この羅須地人協会における賢治のおもい入れについては、さまざまな評価があるが、もともと彼はイデオロギー的に何かをしようというようなところはないといえる。肌を刺し、飢餓を日常とする寒風は、イデオロギーを吹き飛ばして、あまりあるものがある。

このことは単純なことではない。深く大きい問題である。かりに賢治が人間の行動の根源的動機づけとなるものを、完璧にして、高遠

7　労農派は一九二七年（昭和二）に創刊された雑誌「労農」の同人またはそれを軸とするマルクス主義の一系譜で、講座派に対立した潮流をいう。第一次日本共産党の解党後、二十七年テーゼによる党の再建案に反対し党を離れた山川均、猪俣津南雄、荒畑寒村ら「文戦派」のプロレタリア文学者などからなる。

なる理論であると確信していたら、彼と農民との接点はなかったろう。賢治は迷っているのである。この迷いは、賢治の論理的思考の弱さを露呈しているのかもしれない。しかし、反面、彼の現実のなかに真理を求めようとする強烈な欲望でもあった。

この岩手という環境のなかで、技術指導を媒介にした農民救済は、ある点では成功している。盛岡高等農林学校時代、関豊太郎教授のもとで、土性調査に参加し、土壌学、肥料学などを学び、そのことは農民たちの現実的利益に結びついたのである。農民たちは、この点において、賢治を高く評価し、惜しみない賛辞をおくっている。

稲の品種について、賢治は陸羽一三二号を推奨しているが、この品種についての成果について、小倉倉一は次のようにのべている。

「東北の凶作対策として、米作改良、殊に冷害に耐える稲新品種の育成が課題となった。…（略）…稲作の冷害は稲熱病と関連し、稲熱病は乾田化及び肥料増投と関係するから、新品種は耐寒・耐肥・耐病性のものでなければならなかった。明治四三年から愛国の純系分離が行われ、大正三年に陸羽二〇号(一名、愛国二〇号)が育成され、大正六年、これと亀ノ尾との交配が行われ、これを系統選抜して、遂に大正一一年に有名な陸羽一三二号が育成された。この新品種の偉大な成果は、昭和六年及び九年の凶作で遺憾なく実証された。」(『近代日本農政の指導者たち』農林統計協会、昭和二十八年、一九〇~一九一頁。)

地主—小作の対立が、そしてまた自然環境がどんなに厳しくとも、賢治はそのなかで、文字通り寝食を忘れて、ムラのため、農民のために全エネルギーを注いだ。

努力はそれなりに報いられることもあった。そのような時、彼の心は歓喜に満ち、満面に笑みを浮かべるのであった。絶滅かと思っていた稲が、思いがけなく起きる。苗のつくり方や肥料の加減で。

次のような唄も生れる。

「今日はそろってみな起きてゐる
森で埋めた地平線から
青くかゞやく死火山列から
風はいちめん稲田をわたり
また栗の葉をかゞやかし
いまさわやかな蒸散と
透明な汁液(サップ)の移転
あゝわれわれは曠野のなかに
芦とも見えるまで逞ましくさやぐ稲田のなかに
素朴なむかしの神々のやうに
べんぶしてもべんぶしても足りない」(「和風は河谷いっぱいに吹く」『宮沢賢治全集』(2)筑摩書房、昭和六十一年、一二七頁。)

肥料や品種の改良で稲が調子よく育っている間は、「先生」として賢治はムラ人によって、称えられる。賢治もそれに呼応して、歓喜にむせぶ。しかし、そのような日ばかりが続くはずはない。賢治の熱意も努力も自然の暴力の前にはひとたまりもない。彼の希望も夢もズタズタにされ、一人淋しくたたずむしかない。

その現実にムラ人は冷たい。「先生」はいつの間にか「金持の道楽息子」にかわる。

ムラの素朴さの裏にかくされた知識人を見る冷やかな目のあることを賢治も体感する。

苦渋、無念、怒り、諦観などが彼の心中をかけめぐった。

ムラやムラ人の恐るべき影を見た賢治は、戦慄を覚えたにちがいない。

次の文章は、賢治とムラ人との関係を的確にいいあてている。

「賢治に苦を選ばせた要因は一体何なのか。苦行を賢治に強い、静かな心を蝕むように犯したのは、賢治のもって生まれた自己犠牲的な思いやりなんかでは決してないので、彼が味方をしたはずの農民(立ち場としての農民、賢治との関係者としての農民ということである)であった、というのが私の結論である。…(略)…気取りのない人たちとはいいながらも、身にしみこんだ農民の怨念は、賢治を戦慄させただろう。賢治を偉い偉い、と回想している人たちこそ賢治の監視者であったかもしれない、…(略)…敵は花巻の人たちだった。」(高橋康雄『宮沢賢治の世界』第三文明社、昭和四十七年、一八三頁。)

どんなに協力、支援をしても、彼らは彼らだし、自分は自分だ、という心境にならざるをえない。自然の猛威によっておきる残酷さも賢治の責任といわれ、ひどい仕打ちを受ける。ムラ人たちとの接触の困難さには、ほとほとまいる日常であった。

賢治はムラに住んではいても、その地の本格的農民ではない。彼の農民志願をムラ、ムラ人はどのような眼で迎えたのか。いかなる洗礼を受けねばならなかったのか。

羅須地人協会に関係する農民は、どちらかといえば、ある程度経済的余裕のある人たちであって、貧困を引きずって生きる貧農にとって賢治など知ったことか、ということではなかったか。

嘲笑と罵声があびせられ、賢治は逃げ場を失うこともしばしばあった。ムラ人の深層に宿っている、とてつもない大きく、真っ暗なものに賢治は勝つことはできなかった。

それでも賢治は必死であった。聖なる農へ献身を誓う以外になかったのである。

『楢山節考』を書いた深沢七郎が、「ラブミー農場」をつくり、ムラの一員として寄り合いに出席した際、彼はその会場の異様な雰囲気に慄然とし、その場を立ち去ったことがあるが、無言のつくる一つの雰囲気にも強力な圧力を感じたのである。深沢の場合は、結局傍観者的姿勢が根底にあるから、それはそれで終結するが、賢治の場合はそうはいかない。
玉砕的ともいえる彼の肉体と精神の投入の裏側には次のような心情の吐露があった。

「もうはたらくな
レーキを投げろ
この半月の曇天と
今朝のはげしい雷雨のために
おれが肥料を設計し
責任のあるみんなの稲が
次から次へと倒れたのだ
稲が次々倒れたのだ
…（略）…
青ざめてこはばったたくさんの顔に

一人づつぶっつかって
火のついたやうにはげまして行け
どんな手段を用ゐても
弁償すると答へてあるけ」（『宮沢賢治全集』（2）筑摩書房、昭和六十一年、一二八～一二九頁。）

自然の暴力によって破壊された稲にたいし、賢治は「弁償」するといっているのである。もう、これは科学や合理の世界ではない。完全なる贈与の世界といったらいいのかもしれない。

賢治の精神のなかで「商売」という行為は排除されている。その世界を超えている。報酬、返礼を求めることのない世界で彼は生きている。

中沢新一は、賢治に真の贈与者を確認している。

「宮沢賢治という人は、そのような贈与者、しかも稀に見る純粋さで、このような贈与の精神を生きた人であったのだろう、と私は考えるのです。宮沢賢治はずいぶん若い頃から、自分をとりまいている自然や、素朴な人々の心の働きや、あるいはそれらすべてを包み込んでいる宇宙に、『贈与の霊』がみちている、という直観をいだいていたようです。何の見返りを求めることもなく、ただ存在している物たちをいつくしむがゆえに、みちあふれる力を、私たちの世界に不断に贈与しつづけているものに対する直観です。」(『哲学の東北』青土社、平成七年、一〇頁。)

中沢は賢治の全仕事から贈与のおもむきが伝わってくるという。ただ現実世界にあって、贈与者は不幸を背負うことになると次のようにいう。

「しかし、決意して贈与者になろうとしたものは、現世では、けっして幸福にはなれません。現世では、贈与はつねに誤解されて、裏切られていく運命に、さらされているからです。」(同前書、一三頁。)

「市場経済の世界においては、純粋な贈与などは、かえって嘲笑の的です。」
（同前書、一四頁。）

贈与の精神、犠牲的精神をもって「農民のなかへ」とか「農村のなかへ」という行為は、日本近代史の上で成功した例は皆無にちかい。ましてや「社会改造」などを試みようとすれば、たちまち挫折する。

ムラには気の遠くなるような歴史の積み重ねがある。国家よりも古く、深く、重く存在してきたムラは、そうやすやすと、そのなかに宿る知恵を表面に出したりはしない。

ムラでの生活を日常とするには、英知も必要であるが、狡知もまた必要である。国体の細胞になりすます場合もあれば、国家にたいする抵抗殻となる場合もある。ムラ自体が弾力性に富んだ生き物である。ファシズムを支持することもあれば、社会の改革に奔走することもある。

賢治は外部からの侵入者でもなければ、闖入者でもない。稗貫郡花巻町の人間である。しかし、その場に土着して生きた農民からすれば、宮沢家の長男である賢治は、どことなく異邦人的であったかもしれない。対人関係は複雑であった。

粗衣粗食に耐え、自分の肉体を限界まで酷使し、自虐の道を歩む。「農民のなかへ」、「農村のなかへ」と懸命に努力する賢治であるが、ムラは冷たく、彼を農民とも、仲間とも思ってはいない。

こんなことは賢治だけの問題ではない。幾度となく、そういう思いが繰り返されてきたが、成功した例は皆無にちかい。

鶴見俊輔が、白樺派の例をとりあげ、次のようにのべたことがある。

「白樺派の観念論的方法によって社会改造にのり出すためには、他人を理想にむかってひっぱってゆくという積極的方法よりも、自己の過分な利益を放棄あるいは制限するという消極的方法が、より確実な道である。観念論のつよみは結局、自己（あるいは自己と同質のものの集団）の説得において発揮されるのであって、自己とちがう階級的利害状況にある人々を説得する上では強い力となり得ない。」(久野収、鶴見俊輔『現代日本の思想――その五つの渦』岩波書店、昭和三十一年、一四頁。)

賢治が「本統の百姓」になろうとするとき、彼を背後から襲うものは、小さくはなかった。所詮、農民にはなれはしないのである。生活者でない賢治が生活者と一体となることはできない。少しばかりの野菜の栽培で農民にはなれないのである。菅谷規矩雄がいうように、「宮沢がみずから手でにぎりしめた(対象化しえた)土は、ついに〈農〉のものではなく、〈園芸〉のものであった。水田の泥ではなく花壇の土であった。」(『宮沢賢治序説』大和書房、昭和五十五年、一〇〇頁。)というものであった。

山男への思い

山男は平地人からみれば、異界と呼べる山中を住処にし、そこで生命のあらんかぎりを発散させて生きている。それは遊戯の世界であり、欣喜の世界である。

しかし、山男も時折山を降り、平地人の世界を覗くことがある。縄文人の稲作世界への接近である。別世界への突入によって、日頃天真爛漫にふるまっている山男も、この時は硬直化し、平地人に恐怖を抱き、血は逆流するのである。山男にすれば、ムラの世界、近代文明の世界は苦手なのである。山男がそのムラ世界に接近し、同化しようとすればするほど、彼は悲哀の時間を持つことになる。

宮沢賢治は、山男になぜかやさしい。また、好意をもって接触している。

柳田国男によれば、この山男、山人という存在は、かつてこの日本列島を席巻していた人たちの末裔であるといい、彼は当初強い同情を寄せていた。しかしどこか冷やかに観察するところがあった。

賢治はこの山男を客観視するのではなく、一体となって、全身で溶け込み、その心性を自分のものとする。賢治自身が山男であり、縄文人なのである。

ところが、賢治は現実世界においては、死の直前まで、農業、農民のことが気がかりであった。彼の病状は極端にわるくなり、横たわって呼吸するだけといったいわば瀕死の状態のとき、農民の訪問を受け入れ、相手をするのである。昭和八年九月二十日のことである。

「年譜」にこうある。

「夜七時ころ、農家の人が肥料のことで相談にきた。どこの人か家の者にはわからなかったが、とにかく来客の旨を通じると、『そういう用ならぜひあわなくては』といい、衣服を改めて二階からおりていった。玄関の板の間に正座し、その人のまわりくどい話をていねいに聞いていた。家人はみないらいらし、早く切りあげればよいのにと焦ったがなかなか話は終らず、政次郎は憤りの色をあらわし、イチははらはらして落ちつかなかった。」（堀尾青史『宮沢賢治年譜』筑摩書房、平成三年、三二一頁。）

文字通り、命をかけての対応である。自己犠牲、贈与の精神が如実にみられる。契約関係の世界では理解できないものである。

この賢治の献身的努力、そして彼の農民を思う気持は、いつもやさしく、温かった。にもかかわらず、農民の心にいつも感謝の念を抱かせるものではなかった。

感謝の念を抱くどころか、時として賢治の行為を金持ちの息子の道楽であると嘲笑する者もいた。彼も生身の人間である。空虚な世界のなかで、黙って顔をふせざるをえない。

岩手のみならず、東北の地は稲作を強要されることになって、つらく悲しい現実を余儀なくされていった。

東北の地はかつて縄文文化が栄え、豊かで美しいものがあった。水田稲作というものは、自然破壊の第一歩であることを忘れてはならない。人間と自然が一体化したのでは稲作は成立しない。人間が自然を支配する関係として稲作は成立する。人間だけが他の生物を支配してゆく方向性のなかでのことである。

やがて、この稲作こそがもてはやされ、その生産が唯一絶対の価値とされていったのである。

日本列島は、稲作列島、瑞穂の国としていろどられ、ここに住む人間は、稲作人となり、日本人となり、稲を栽培することが生きることと等価となった。そのために、非稲作人は、次第に服従を余儀なくされ、排除され、貧困の道を強要されることになる。このような悲哀の歴史を賢治は背景としている。

強要された貧困の救済を文字通り命がけで行うと同時に、一方で、かつて豊かで平和であった時代の人間の存在する世界を賢治は思い描いていたのである。

同じ貧困でも、強要された稲作の貧困とは異なる種類の貧困が狩猟採集、つまり縄文の世界にはあった。これは「平和の貧困」といってもよいかもしれない。稲作による貧困とは、自然依存からくるものがあるのはいうまでもないが、それにもまして、人為的支配による貧困が大きい。つまり収奪である。狩猟採集の貧困とは偶然によるものである。獲物が捕獲できるかどうかは、その時の偶然である。その偶然の機会に縄文人はすべての感覚を総動員するのである。

岡本太郎は、狩猟と偶然性についてこう語っている。

「猟ではとうぜん、いつも望みのままの獲物がとれるとはかぎりません。おもしろいように大猟のときもあれば、獲物の影一つ見ないシケもありましょう。不猟はただちに飢（うえ）を意味するし、生命の危機です。それと反対に、大猟は歓喜であり、祭りです。そこにたえず動揺と神秘がひそみます。」（『日本の伝統』光文社、平成十七年、七九頁。）

賢治は山男の世界にある飢えや生命の危機は描いていない。歓喜とおおらかさに酔っているのである。それは農の貧困の対極として、その空間が欲しかったのであろう。

賢治が山男の世界で想定しているものは、いうまでもなく、縄文文化である。山男は縄文人であり、賢治も縄文人になりたかったと考えられる。

縄文文化について少し言及しておきたい。稲作も自然依存性は強く、天候に大きく影響されるが、それでも労力を惜しみなく使い、肥料の改良や、品種の改良という人為によって、ある程度の年間収穫量はよめる。

二宮尊徳の「天道と人道」はその一例をよくいいあてている。それはこういうことである。

確かに農業は、自然に依存することがきわめて強いから、自然に従う部分は大きいが、しかし、放任していれば作物は育たない。そこに人間の作為、つまり人道が必要となる。人道は天道に従うものではあるが、自主的目的をもった人為なのであって、そのことによって、はじめて作物は育つというのである。

人間は米つくりの主体となって、天道の支配から独立し、やがて天道をも支配するにいたる。それが生産であり、人道の本質であるとする。

それに較べ、狩猟の食生活は、常に不安定であり、突然の飢餓が待ち受けている。人間の力を超えた巨大なものによって、人間は辛うじて生かされている。このような自覚を山男はもっている。縄文人である山男は、したがって、きわめて神秘的、宗教的存在となるのである。

賢治には近代の科学、技術にたいする造詣は深いが、しかし、一方で近代的知という枠組みを破壊するところがある。それは「信」の世界であり、「情」の世界であり、「呪術」、「祈り」の世界である。他力への帰依の世界といってもよかろう。

品種の改良や肥料の設計によって、賢治は農民を助けたが、それはあくまでも貧困対策であって、彼が農業というものに体質的に合っていたかどうかは別の問題である。

縄文人にとっては、捕獲の対象物である動物も、近代人が思うような対象物ではなく、尊敬に値するものであるし、もっといえば神なのである。熊も鹿も猪も獲物でありながら神なのである。その神の肉を食すことによって、その霊力は人間の体内にも宿ることになる。そこに祈りが生れ、感謝の気持が発生する。縄文時代は宗教の時代であり、その世界に住む人は純粋で敬虔な宗教人である。精神生活は呪術に依存し、それなしには生活が成立しない。

賢治は大胆にも、山男を登場させることによって、この縄文文化の世界に自分を投げ入れたのである。純粋無垢で、正直で、素朴で、反契約的社会で幼児性を日常とする山男を描いた。

視、聴、臭、触、味の五つの感覚を使いながら、自然がくれる美しさに溶け込みながら日常を生きている山男の姿は、賢治そのものの理想的姿である。賢治は常に全宇宙的世界に生きている。

賢治が描く山男の特徴を少し覗いておこう。

まずあげておきたいのは、山男は生産活動をしないということである。稲も野菜もなにも生産しない。狩猟、採集以外に生活の糧はえられないということである。「米つくり」をしないのは賢治そのものであった。

生産活動に異常なまでの価値を与えてきたものは、近代、近代産業そのものである。肉体を酷使した多忙な生産活動が、経済的価値を超えて、道徳的、倫理的、文化的、総合的価値を生みだすものと評価されるにいたり、ついに神聖化されるまでにいたった。

生産活動だけに生甲斐が強要され、生産力の向上に寄与する行為をもって唯一の人間的価値とされた近代人が、本来の人間の姿に戻るのは困難である。労働への過剰な愛情を狂気と呼び、そのことが人間の本質的なものを奪い、人間を苦しめる結果となっていることを指摘した人がいる。カール・マルクスの娘婿ポール・ラファルグ[※1]である。彼は次のような発言をしている。

1　ポール・ラファルグ(Paul Lafargue)一八四二―一九一一年。フランスの社会主義者、プルードンの影響を受ける。批評家、ジャーナリスト。カール・マルクスの次女ラウラと結婚。産業化した資本主義社会での賃金労働の非人間性を批判した著作「怠ける権利」(Le droit à la paresse)で知られる。

「資本主義文明が支配する国々の労働者階級はいまや一種奇妙な狂気にとりつかれている。その狂気のもたらす個人的、社会的悲惨が、ここ二世紀来、あわれな人類を苦しめつづけてきた。その狂気とは、労働への愛情、すなわち各人およびその子孫の活力を涸渇に追いこむ労働にたいする命からがらの情熱である。こうした精神の錯誤を喰い止めることはおろか、司祭も、経済学者も、道徳家たちも、労働を最高に神聖なものとして祭り上げてきた。…（略）…資本主義社会では、労働が、知的荒廃と、生体の歪みの原因となっている。」（『怠ける権利』〈田淵晋也訳〉人文書院、昭和四十七年、一一四～一一五頁。）

労働こそが神聖で、絶対的だとする社会通念にたいし、これは急進的批判である。

ラファルグの発言を待つまでもなく、労働というものが、どれほど人間の本質を傷つけ、考える力を弱めたかは明々白々である。

近代以降、労働の神聖さという幻想に、われわれはとりつかれてしまった。近代的生産行為というものは、人間生存の基本的在り様に合わないものである。利潤追求のためにつくられたものである。労働というもののなかに、本質的な喜びが内在するというのは、近代以降の幻想である。

賢治の描く山男は、経済的身体など持ち合わせていない。彼は自然のリズムに合った身体でもって呼吸している。狩猟、採集は行うが、生産活動はしない。生産行為だけが異常に拡大され、重要視されていることを、山男は嘲笑しているかのようである。

賢治の好みの山男は、おしげもなく自分のすべてを自然にあずけ、そのなかで生かされているのである。自然がくれるものをいただき、風や光や雲のなかに自分が投げ込まれていることも気づかないほど、溶け込んでいるのである。

山男の生活の一端はこのようなものである。

「どこかで小鳥もチッチッと啼き、かれ草のところどころにやさしく咲いたむらさきいろのかたくりの花もゆれました。山男は仰向けになって、碧いあをい空をながめました。お日さまは赤と黄金でぶちぶちのやまなしのやう、かれくさのいゝにほひがそこらを流れ、すぐうしろの山脈では、雪がこんこんと白い後光をだしてゐるのでした。(飴といふものはうまいものだ。天道は飴をうんとこさへてゐるが、なかなかおれにはくれない。)山男がこんなことをぼんやり考へてゐますと、その澄み切った碧いそらをふわふわうるんだ雲が、あてもなく東の方へ飛んで行きました。そこで山男は、のどの遠くの方を、ごろごろならしながら、また考へました。」(「山男の四月」『宮沢賢治全集』(8)筑摩書房、昭和六十一年、七二〜七三頁。)

「又向ふの、黒いひのきの森の中のあき地に山男が居ます。山男はお日さまに向いて倒れた木に腰掛けて何か鳥を引き裂いて喰べようとしてゐるらしいのですが、なぜあの黝んだ黄金の眼玉を地面にじっと向けてゐるのでせう。あれは空地のかれ草の中に一本のうずのしゅげが花をつけ風にかすかにゆれてゐるのを見てゐるからです。」(「おきなぐさ」『宮沢賢治全集』(6)

筑摩書房、昭和六十一年、一八頁。）

山男は、この文明社会に安定した場所を発見することは至難のわざである。稲作人から見れば、山男は異界ともいうべき山中を住処にし、平地の社会とは相容れない規矩によって生かされている。

次に山男は、幼児性を豊かにもっている。それは無垢と聖性につながる。大人社会の生産活動という枠からいえば、幼児は一人前でないということになるが、同時に大人では手の届かない、あるいは許されない世界に容易に入ってゆける。神がそれを許しているのである。幼児のもっている純粋無垢、清潔、神聖などがそれを可能とするのである。生活者として、大人として生きるということは、塵埃を次々と身にまとって生きるということである。

聖なる幼児、貴なる幼児は、大人の眼には映らぬ世界で、固有の世界をもっている。

ムラ社会の維持において、基本的ルールは、経験知によるところが大きい。

ながくそのムラで生きていることが、即尊敬されることとなる。これを長老主義と呼んでもよかろう。しかし、この長老が幼児の言動にひたすら耳を傾け、頭を深々と下げる場合がある。祭神の子としての幼児の声を長老が聞いている状況があるのである。

柳田国男は、「妖怪談義」のなかで、次のようなことをいっている。

「生きた人間の中では、老人が最も賢明にして且指導好きであることは、殊に我々の明治大正に於る経験であるが、奇なる哉神様には、若い形が多い。少くとも童子に由って神意を伝へたまふことが多い。ザシキワラシもその現象の一つの場合ではあるまいか。未開時代の人の考では、教育や修養に因って人柄が改良するなどとは思はぬから、所謂若葉の魂の、成るべく煤けたり皺になったりせぬ新しいものを、特に珍重して利用したのではあるまいか。」(『定本柳田国男集』第四巻、筑摩書房、昭和三十八年、三七〇頁。)

幼児というものが異常な力を発揮する例は多くあるが、中世における牛飼童子などもその一例である。これは牛車を引く牛を自由に扱う子供のことである。たとえそれが大人であっても、童の髪型をしていた。この髪型に問題がある。この職業に従事する者が、なぜ童の髪型でなければならなかったのか。大人であっても幼児としてその神的力を発揮してもらいたかったのであろう。幼児の力は神の力にちかいもので、その威力をもってすれば、いかに獰猛な牛でも静かになるというのである。

網野善彦[※2]は、この牛飼童の髪型について次のようにのべている。

「なぜ牛飼は童形でなくてはならなかったのか。これはたやすく解決し難

2　網野善彦（あみの よしひこ）一九二八（昭和三）―二〇〇四年。山梨県生まれ。東大卒。専門は、日本中世史、日本海民史。日本常民文化研究所員となり、農民以外の非定住の人々である漂泊民の世界を明らかにし、天皇を頂点とする農耕民の均質な国家とされてきたそれまでの日本史観に疑問を投げかけ、日本中世史研究に影響を与えた。日本史学に民俗学からのアプローチを行い、学際的な研究手法を導入したといわれている。

い問題であるが、いま一、二の思いつきをのべれば、当時の牛車を引いた牛が、今日われわれが馬にくらべて穏かな動物と考えているのとは違い、獰猛で巨大な動物とみられていたと推定される点は、恐らくこのことと無関係ではあるまい。…（略）…こうした獰猛な動物を統御する上で、童の持つ呪的な力が期待されたとも考えられるのではなかろうか。…（略）…童あるいは童形の人は、少なくとも中世前期までは黒田（日出男）[※3]のいうように、『聖なる存在』として、人ならぬ力を持つとされていたことは確実といってよい。」（『異形の王権』平凡社、昭和五十五年、四九〜五一頁。）

山男がこの幼児性をもっているということは、大人の世界からみれば軽視の対象となるものであるが、猛牛をもおとなしくさせるほどの神がかり的力を持っているということである。現実的世界での強力さなどを超越したところに存在するきわめて神がかり的なものであった。こうした力を社会は時と場所に応じて必要としたのである。

山男は、鬼的要素を多分にもっている。というより、もたされている。農業を絶対視する国を農本国家と呼べば、鬼はその対極の世界に存在する。対極でなくて、農本国家の内に住んでいても、それは異邦人として扱われ、この世の片すみに身を潜めて、生きるしかない。この農本国家にあっては、草一本、石ころ一つも鬼のものはないという厳命がくだっている。

水田稲作という生活領域から排除され、追い出された人間は、農本国家、天皇制国家の外の人ということになり、たび重なる闘いもあったが、とどのつまり敗北を喫し、漂泊を余儀なくされ、山中に逃亡し、鬼や天狗になる運命にある。服従したり、同化したり、さまざまな運命が彼らに課されることになる。

3　黒田日出男（くろだ ひでお）一九四三年（昭和十八）—。東京出身、早大卒。歴史学者。東京大学史料編纂所所長。絵図や絵巻などを歴史史料として読解し、中・近世を研究。著作に「境界の中世 象徴の中世」「姿としぐさの中世史」「歴史としての御伽草子」などがある。

鬼の系統は多義にわたるが、鉄生産者は、しばしば鬼とされてきた。農本国家のリーダーは、産鉄者たちの技術にたいし、羨望と恐怖を抱き、略奪と弾圧を繰り返したのである。

鉄生産者は、水田稲作民にとっても鬼となる。なぜなら、鉄生産には鉱毒を流すことが必至となる。河川は汚れ、その汚れは水田におよぶ。稲は育たない。育たなければ、農民たちは鉄生産者を敵とする。

鉄は農耕の道具になるのみならず、干戈の道具となるもので、鉄の所有の大小によって、勢力の大小が決まるということになる。そうなれば、各地域で鉄獲得のための争奪戦が繰り広げられることになる。

稲作民からみれば、里から離れた山中で鉄を生産する鉄生産者の存在は、奇妙で、不思議で、恐ろしくみえたことであろう。真赤に燃える山中で鉄を生産する人たちが赤鬼にみえたとしても、なんら不思議はない。鉄生産者のボスは鬼であり、その集団は鬼が島といったところであろう。彼らは独自の文化をつくり、独自の規矩を用意していたのである。

稲作を中心とした農本的天皇制国家の文化が「正」であるとすれば、鉄生産者たちなどの文化は「負」であり、まつろわぬ者たちの文化となる。

理不尽な攻撃、略奪を行う側が正義の旗を振り、奪われた側の抵抗を反逆と称し、彼らのレジスタンスを鬼の反乱と呼ぶ。この鬼の反乱は、徹底的につぶされてゆく。

鬼とはいつの時代も、権力に従わない、悪党で、彼らの住処は闇の世界である。

賢治はこの山男、鬼に同情し、彼自身も鬼的要素を体内に宿しつづけた。

縄文時代の山男、稲作文化が他を征服してからの山男、その両者の接点に存在する山男というふうに、賢治はそれぞれの山男に自分の感情を寄せて描くことができる。

次に山男が遊びの名人である点をあげておきたい。子ども、幼児が大人の労働にかかわらないように、山男は生産活動に従事しない。その生産活動というものに、価値を認めていないのである。もちろん、山男とて、生きんがために獲物を探し、それを食す。しかし、それは生産活動と呼べるようなものではない。空腹を満たし、生存を可能にするためにだけ必要な最小限度の活動である。

人間世界においては、この生産活動、労働行為が文明の軸となる。山男はその文明の対極に存在し、対峙するかたちを常に維持している。幼児という存在をいつまでも保持しているといえる。

生産行為に絶対的価値を認めようとする人間たちは、それぞれの欲望を放出しながら、競争社会を善と称し、他人を蹴落しながら、打算的人生を満喫している。そういう文明に山男は耐えられない。

山男は遊びが好きだ。好きというより、それのみが山男なのである。

文明的社会生活の面からみれば、遊びなどというものは、道徳、倫理に反し、非人間的行為という烙印を押されることになる。

文明は未分化の世界を打破することからスタートし、遊びは未分化の状態そのもののなかに存在する。

多田道太郎はこんなことをいっている。

「思うに文明とは、遊び気分に対したえざる拮抗関係にある。文明は混沌未分の状態に『目鼻をつける』ところに自分の使命を見出す。自分と他人とを区別し、さらに、モノとモノとの間を区別する。遊び気分はもともとこうした区別の論理を知らない。」（『遊びと日本人』角川書店、昭和五十五年、八八頁。）

遊びと生きるということが、渾然一体となっている山男は、遊びを排除しつつ、生産力の向上が唯一の価値となっているこの社会においては、なかなか生きづらい。

山男は平地人からみれば、異界と呼べる山中を住処にし、そこで生命のあらんかぎりを発散させて生きている。それは遊戯の世界であり、欣喜の世界である。

しかし、山男も時折山を降り、平地人の世界を覗くことがある。縄文人の稲作世界への接近である。別世界の突入によって、日頃天真爛漫にふるまっている山男も、この時は硬直化し、平地人に恐怖を抱き、血は逆流するのである。山男にすれば、ムラの世界、近代文明の世界は苦手なのである。山男がそのムラ世界に接近し、同化しようとすればするほど、彼は悲哀の時間を持つことになる。

山における音も色も臭いもルールも、平地のものとは違う。両者には異質の尺度がある。豊葦原の瑞穂の国には、なにひとつ山男のものはない。だから、平地に降りてゆくのも命がけである。

「そのとき山男は、なんだかむやみに足と頭が軽くなって、逆さまに空気のなかにうかぶやうな、へんな気もちになりました。……（略）……（ところがここは七つ森だ。ちゃんと七つ、森がある。松のいっぱい生えてるのもある、坊主で黄いろなものもある。そしてここまで来てみると、おれはまもなく町へ行く。町へはひって行くとすれば、化けないとなぐり殺される。）山男はひとりでこんなことを言ひながら、どうやら一人まへの樵のかたちに化けました。そしたらもうすぐ、そこが町の入口だったのです。」(「山男の四月」『宮沢賢治全集』(8)、筑摩書房、昭和六十一年、七三頁。)

生産活動を中心としたムラ社会は、山男にとっては異質の社会であり、珍しい世界ではあるが、恐怖の世界でもある。

山男に関して、柳田国男の山人論と賢治の山男論を比較しておこう。

いうまでもなく、柳田も民俗学のスタートは山人、山への関心からであった。当初、柳田は異常といえるほど、山、山人への関心を強く抱いていた。心情的に山人に傾斜し、自分の祖先もその昔山人であったかもしれぬ、とまでいっている。『遠野物語』の「序文」では、山の神や山人のことを書いて、稲作人、平地人をふるえあがらせよといっている。

当時の柳田の仕事を学者というよりも、政治家としての仕事であるというのは、村井紀である。彼はこういう。

「私の考えでは、柳田の『民俗学』はよく言われる青年期の『文学』体験や幼年期の神秘体験などから直接見いだされたのではなく、彼が農政官僚として植民地問題として遭遇したことから開始されており、なおその『民俗学』の特質は、絶えずそのような『政治』を隠しているところにある。『日本民俗学』の『古典』たる『後狩詞記』・『石神問答』・『遠野物語』の〝三部作〟がすでにそうなのである。」(『南島イデオロギーの発生』太田出版、平成七年、一六～一七頁。)

この三部作などは、政治家としての柳田の作品であって、植民地イデオロギーが内在しているものであると村井は次のようにいう。

「これらは後年、『民俗学』の『古典』として見いだされるにしても、そして『文学』として読まれるにしても、まずこの〝三部作〟は『政治家』のいわば植民地にかかわる『政策研究』なのであって、ほかのものではない。『政策研究』が『民俗学』になったのである。」（同前書、一七頁。）

ここで村井の説に深入りすることはしないが、彼の指摘はそれなりの根拠があってのことであろう。政治家柳田の顔がみえることもよくわかる。しかし、だからといって、柳田の『遠野物語』や『後狩詞記』が民俗学的価値を失うことはない。また、日本列島に山人、山男が存在していたことを信じていたことも間違いない。

柳田はこう述べていたのである。

「拙者の信ずる所では、山人は此島国に昔繁栄して居た先住民の子孫である。其文明は大に退歩した。古今三千年の間彼等の為に記された一冊の歴史もない。それを彼等の種族が殆と絶滅したかと思ふ今日に於て、彼等の不倶戴天の敵の片割たる拙者の手に由って企てるのである。此だけでも彼等は誠に憫むべき人民である。……（略）…幸にして他日一巻の書を成し得たならば、恐らくはよい供養となることであらうと思ふ。」（「山人外伝資料」『定本柳田国男集』第四巻、筑摩書房、昭和三十八年、四四九頁。）

いまや、ほぼ絶滅したかにみえる山人たちも、かつて日本列島で文化の華を咲かせ、たしかな文明を持っていたと柳田はいう。

この山人にたいする柳田の真意はどこにあったのか。山人たちにたいする同情、憐憫の情を、たしかに柳田は吐露している。また、日本列島が単一の民族で構成されているのではなく、複数の民族からなることも認識していた。稲を携え、後にやってきた民族に追いやられてしまった先住民の末裔に、柳田は注目した。

山男の話にしても、これが二度、三度でとぎれるようなものではなく、これらの実証的研究に強い意気ごみをみせていたのである。

山人が日本列島の先住民の子孫であるとする柳田の思いは、彼の熱意にもかかわらず、その研究成果は、当初予想していたようにはいかなかった。

柳田は意気消沈することもあった。そういえば、すでに「山人外伝資料」のなかで、こんなことをいっていたのである。

「今に及んで切に感ずるのは、将来比類の話が手元に集まって来る速力よりは、彼種族の性情境遇の変遷の方が一層急激では無からうかと云ふ虞である。語を換へて申すならば、確実に近しと見ゆる史料のみに由って、今日の歴史家が書くやうな山人の歴史を書き得る時代は、いつに成っても到来しさうには思はれぬ。即ちこの勇壮にして昔風なる民族の生活の跡は、僅かに我々の如き気紛れ者の夢物語に由って辿るの外は無いのである。如何にも気の毒な話と言はねばならぬ。」(同前書、四六八頁。)

いずれにしても、柳田がこの山人に関心を寄せていたのはそこにどのような動機があったとしても事実である。

しかし、柳田の山人を見る眼は、表面上は温かく同情的にみえるが、はたしてどうか。

柳田は山人を上からの目線で、奇怪な存在として「客観」視している。突き離してみているがゆえに、離れてゆくのも、そんなに無理はない。

山人に関する資料が思いのほか収集できず、また、南方熊楠からの痛烈な批判、それになによりも、山人研究が、天皇制国家への反逆につながるとみた柳田は、足速にそこを立ち去り、平地人へ目線を移していった。

この柳田の山人への視点と宮沢賢治の山男へのそれとの間には、大きな違いがある。

『遠野物語』に登場する山人やその生活圏は、平地人にとっては恐怖の世界である。『遠野物語』に、こんな話がある。


「遠野郷にては豪農のことを今でも長者と云ふ。青笹村大字糠前(ぬかのまえ)の長者の娘、ふと物に取り隠されて年久しくなりしに、同じ村の何某と云ふ猟師、或日山に入りて一人の女に遭ふ。怖ろしくなりて之を撃たんとせしに、何をぢでは無いか、ぶつなと云ふ。驚きてよく見れば彼の長者がまな娘なり。何故にこんな処には居るぞと問へば、或物に取られて今は其妻となれり。子もあまた生みたれど、すべて夫が食ひ尽して一人此の如く在り。おのれは此地に一生涯を送ることなるべし。人にも言ふな。御身も危ふければ疾く帰れと云ふまゝに、其在所をも問ひ明らめずして遁げ還れりと云ふ。」

（「遠野物語」『定本柳田国男集』第四巻、筑摩書房、昭和三十八年、一三頁。）

　このような山人譚の背景には、恐らく山の恐怖を流布し、平地人の平地への束縛を強化する権力者の政治的意図があったにちがいない。このことを指摘した人に吉本隆明がいる。彼はムラ社会から逃げることへの禁制というものが、この種の話しの根底にあるとしたのである。

　賢治の童話に登場する山男は、逆に平地の人間がこわいのである。純粋無垢で、大自然に自分をあずけている山男にとって、平地の世界にあるものはなにもかも恐ろしいのである。

柳田は山人にたいし、同情はするが、自分と山人との間に厳然たる一線を画している。

稲作民に追いやられ、敗北し、山中での暮しを余儀なくされた山人にたいし、「どうだ、自分はこういう存在にさえ同情の眼を持って眺めているぞ」といいたげなところが、柳田にはある。

賢治は歯の浮くような同情はしないが、山男は賢治の憧れる理想的人間である。自分も可能ならば、山男になりたい、と思っているようである。したがって、西田良子の次のような賢治の山男観は、少しはずれているように思われる。

「賢治はこのように、山男に対し関心を持っていた。作品の中での山男の扱い方は、きわめて好意的である。しかし、その容姿を説明する時の言葉づかいから察するに、彼は決して山男を自分の分身乃至自分の仲間として描いてはいない。明らかに、自分とは別の社会に住む人間として描いている。…（略）…奇妙な風貌をした教養の低い人間として、常に或る距離をおいて山男を眺めている。」(『宮沢賢治論』桜風社、昭和五十六年、一五五〜一五六頁。)

この西田の指摘は、柳田の山人観にはあてはまっても、賢治の山男を見る眼ではない。

山男が教養の低い人間だというような評価は、かなりのズレを露呈しているとしかいいようがない。山男を教養がある、なしで評価するほど滑稽なことはない。山男は教養などとはなんら無関係なところで、充実した生活を営んでいるのである。

賢治は自分と山男の間に距離などおいていない。山男が羨ましく、できることなら自分も山男になりたいのである。

柳田には民俗学の世界に入ってからも、農政官僚としての眼がぬけきれず、その眼で山人をみている。どんなに憐憫の情を寄せようとも、心底にそのような気分が潜んでいる。賢治にはそういう気分も眼もない。

東北・縄文・鬼

稲作を中心として完成された中央の文化が「正」で、東北のまつろわぬ者たちの狩猟採集や鉄の文化は無気味さが充満する「負」の文化であるとされた。

まつろわぬ者たちは、光の届かぬ闇の世界に追いやられ、先住権を一方的に奪われる。

理不尽に略奪されようとする側の抵抗を反逆と呼び、抵抗者を鬼と呼ぶ。

賢治は東北の人であった。生れた土地である花巻をほとんど離れることなく、東北人として生き、その環境で生かされてきた。

東北がどのような地域であり、そこにどのような文化が生れ、それを賢治はどのように吸収しつつ、どのような人間性が培われてきたかについて、これまで多くの人が語ってきた。

縄文文化が栄えた地であることは認めつつも、この地は天皇制中心の中央集権的文化の中心からは排除されてきた。そういう歴史を背負いながら、この地の人たちは生きぬいてきたのである。蝦夷の地として軽蔑され、差別され、圧迫されてきた。

谷川健一[※1]は、日本の「正史」から縄文時代が欠落していることを次のようにのべている。

「これまでの日本の歴史は弥生時代以前にさかのぼることはなく、縄文時代の歴史は、『前史』として、それ以降の歴史から切り離された。しかし幾千年に及ぶ先住民もしくは原住民の生活と意識が、日本歴史の骨格を、もっ

1　谷川健一(たにがわけんいち)一九二一(大正十)―二〇一三年。熊本県出身、東大卒。民俗学者、評論家、歌人。平凡社で雑誌「太陽」の初代編集長。在野の学者として日本文学や民俗学の研究をおこない多くの研究書を著した。一九七三年共編『日本庶民生活史料集成 全二〇巻』で毎日出版文化賞を受賞。一九七八年東京に「地名を守る会」(楠原佑介事務局長)を設立。一九八一年神奈川県川崎市に〈日本地名研究所〉を設立、所長に就任し、新住居表示の実施などに伴う地名変更に反対した。一九八六年共編『日本民俗文化大系 全一四巻』で毎日出版文化賞特別賞を受賞。一九八七年から一九九六年まで、近畿大学教授・同大学民俗学研究所長を務める。一九九一年『南島文学発生論』で芸術選奨文部大臣賞受賞、一九九二年南方熊楠賞受賞。二〇〇一年「海霊・水の女」で短歌研究賞受賞。二〇〇七年文化功労者。二〇〇八年、日本地名研究所は神奈川文化賞を受賞。「日本の地名」(正続)「常世論」「青銅の神の足跡」「魔の系譜」「神・人間・動物」などのほか、「最後の攘夷党」「海の群星」等の小説作品も多く残した。

とも深部において形づくっていないはずはない。それなくして日本列島社会の歴史を総体として把握することはできない。その深層の意識の部分を切り捨てた歴史は、首を胴体から切りはなした『首なし馬』にひとしくはないか。」(『白鳥伝説』集英社、昭和六十一年、五二九頁。)

たとえ描かれたとしても、蝦夷の地は、大和朝廷の中央文化とは異質で劣等なものとして描かれたのである。ということは、日本人の内面に深く宿る縄文時代の狩猟採集文化という根源的なものを抹消していったのである。弥生文化よりもずっと古く縄文文化の花は咲いていたのである。しかし、『日本書紀』などに登場する蝦夷たちの生活は、次のように描かれている。

「則ち天皇斧鉞を持りて、日本武尊に授けて曰はく、『朕聞く、其の東の夷は、識性暴び強し。凌犯を宗とす。村に長無く、邑に首勿し。各封堺を貪りて、並に相盗略む。亦山に邪しき神有り。郊に姦しき鬼有り。

衢に遮り徑を塞ぐ。多に人を苦びしむ。其東の夷の中に、蝦夷は是尤だ強し。男女交り居りて、父子別無し。冬は穴に宿、夏は樔に住む。毛を衣き血を飲みて、昆弟相疑ふ。山に登ること飛ぶ禽の如く、草を行ること走ぐる獣の如し。恩を承けては忘る。怨見ては必ず報ゆ。…（略）…故、往古より以来、未だ王化に染はず。…（略）…即ち言を巧みて暴ぶる神を調へ、武を振ひて姦しき鬼を攘へ』とのたまふ。」（『日本書紀』（二）、坂本太郎・家永三郎・井上光貞・大野晋　校注、岩波書店、平成六年、九〇〜九二頁。）

賢治の心中深くには、この中央から軽視され、無視され、虐待されてきた東北の地と、そこに住んでいた縄文人たちに、深い深い同情心があった。農業や農民に限りない愛情をふりそそいだようにみえる賢治ではあるが、真底には農業以前の世界と共振する魂を持っていた。

死の直前まで、文字通り生命を賭しての農民援助に向ったのは、激寒と土地制度の矛盾をしりめに、ぬくぬくと栄華を享受してきた宮沢一族への憤怒があった。しかもその憤怒を持ちながらも、父親の保護を受けて生きる自分の腑甲斐なさに、彼はやりきれない気持をもち、それが、貧農救済のための犠牲的精神となって飛翔したのである。

しかし、そのような農への犠牲的精神というか、贈与の精神は、彼の人生の表面に拡大されたものではあるが、深いところ、つまり血の部分から湧出したものではないように思われる。

農や農民へのかかわりは、根源的に賢治の体質には合わなかったのかもしれない。精力的に、献身的に努力した、例の肥料設計の問題にしたって、この化学肥料というものは、土そのものを死にいたらしめ、自然のバランスを崩してしまうものである。化学肥料など使用することを賢治は心から期待していたわけではない。目前の農民救済のために、やむをえず使用したまでのことである。時と場所が違っておれば、賢治はこのようなことに全エネルギーを注入してはいなかったように思う。

賢治が鍬や鎌をもって、農作業をしている姿は、どういうわけか思い浮かばない。もし、そういう作業を行ったとしても、体力は続かなかったであろう。しかし、山の昇降は驚くほど活発で、健脚を発揮した。岩手山への登山に関しては、まるで自分の庭のようにかけめぐるがごとくだったといわれている。山人こそ賢治にはふさわしいのである。

皆川美恵子は、賢治像を次のように語っている。

「父親からは『渋柿』といわれ、さんざん父を手こずらせた息子賢治は、周囲に広がる農地を日々耕し、篤実に生きる村人から、富を吸いあげる質商という家業に、いたたまれなかった。……(略)……そこで里に生れ、里に住んでいる商家の子ながら山人の係累に身を置こうとしたのではなかったろうか。山人こそは、かつて、村の民から迫害を受け、山中深く隠れすんだ人々であった。賢治が、登山を通じ山の中で神聖なものと交流し、山の霊力を身につけて魂を蘇生させようとしたことは、山岳修業者のような精進生活の様態からも知れるし、すでに十八歳のとき、おそらくは結核の初感染による発熱で病床にあった折、岩手山の山神に腹を刺された夢でよみがえり、啓示を受けた逸話からもうかがうことができる。」（皆川美恵子・松山雅子『宮沢賢治・千葉省三』大日本図書、昭和六十一年、八一頁。）

賢治の心が真に癒されるのは農地ではなく、山なのである。稲作のことで奔走していても心は山中にあったのではないか。稲作よりも狩猟採集の世界に彼は身を横たえたいのである。

狩猟採集の世界で、決定的に重要なことは、生態系を崩さないことである。人間が主人公であってはならないのである。主人公になるのではなく、大自然のなかで、人間も構成員の一員として謙虚に生きることである。生きとし生けるものすべてに神を認め、それぞれの神々に平伏して生きる。人間が万物の霊長などという傲慢さは許されないのである。大自然の法則のなかで、それを受容して生きることは、文明がないということではない。それを受容して生きることは、未開人でもなければ、非文明人でもなく、原初の人なのである。原初の人とは天使にちかい存在のことである。原初の人の世界に、支配――被支配の関係もなければ、資本の蓄積もなく、国家も必要としない。

人間を自然界から切り離し、自然界を支配する長としての地位に置くことをもって、進歩、発達とする文明史観を賢治はとらない。つまり、ヨーロッパ文明の価値尺度を唯一絶対のものとする文明観に彼はなじまない。

賢治の童話の多くには、人間と他の生物との間に径庭がなく、すべては生命あるもの、宇宙の仲間として同一視され、それぞれが神の前で対等の地位に存在する。

主体性の拡大や自我の拡大が「正」で、近代化の唯一のものだとするならば、賢治は自我の縮少をもって「正」とする。仏教も賢治にそのような考え方を教えたが、それより以前の縄文の血が彼の体内には継承されているのかもしれない。

梅原猛は、賢治の童話の世界についてこんなふうにいっている。

「賢治は人間だけが世界において特別な権利をもっているとは考えない。鳥や木や草、獣や山や川にいたるまで、すべてが人間と同じように永遠の生命をもっていると賢治はみなしている。永遠なる生命を付与されながら争わざるをえない人間の宿命と、その宿命からの超越、それが賢治が詩で歌い、童話で語る世界である。そのような世界観を、私はかつては仏教の世界観と見ていたが、あるいはそれは、仏教移入以前の日本にすでに存在した世界観かもしれない。そして、この東北の地が、そのような世界観を永く保存し、それが賢治の詩や童話となってあらわれたと見るべきであろう。」(『日本の深層―縄文・蝦夷文化を探る』集英社、平成六年、七九〜八〇頁。)

いずれの生物も、宇宙的秩序というか、大調和のなかで、共に生かされ、それぞれの能力を発揮しながらというのが、全体が生きていくうえでの基本的ルールである。

賢治の有名な童話の一つに「なめとこ山の熊」というものがある。熊を撃って毛皮を売るしか生活できない小十郎という猟師と熊の話であるが、田畑のないこの猟師は熊を撃つしかない。しかし、この猟師も、また時期が来れば、熊に食われるという話である。小十郎も好んで熊を殺すのではないが、熊も小十郎を殺すつもりなどなかったが自ら生きるためには仕方がなかったのである。
イヨマンテは、殺した熊の霊を神様におくるセレモニーであるが、梅原猛は、熊が人間の霊を神に送るための儀式をやっていることに賢治の霊力をみている。

「私はそこに熊のイヨマンテを見るのである。…（略）…賢治がこの『なめとこ山の熊』の最後の文章で語ろうとしているのは、人間が熊を送るのではなくて、熊が人間を天に送るイヨマンテなのである。…（略）…賢治は、死んだ小十郎の顔が、まるで生きている男のように冴え冴えとして、笑っているようにさえ見えたという。小十郎は、喜んでいるのである。熊を殺さねば生きていけない修羅の世界を超えて、熊のために自らを犠牲にしたのを喜んでいるのである。小十郎は菩薩になったのである。そして、熊たちは、菩薩となった小十郎に心からの祈りを捧げて、小十郎の霊を清い清い天に送ろうとしているのである。」（同前書、八四～八六頁。）

この「なめとこ山の熊」については、いろいろな解釈がなりたつが、人間を含めたすべての生きものの食物連鎖の話として受けとめることもできる。

山も川も草も虫も、死ねば仏になるというのは、仏教以前の縄文の思想である。そういった縄文の土壌が根底にあればこそ、仏教もその上にすんなりと受容されたのである。そういう風土を体感している賢治には、近代人がもはや遠い昔に忘却し、放擲してきたものを呼び戻すことが可能なのである。

山も川も土も、みんな賢治の友人で、彼らのつぶやきや歓声を彼は聞きとることができるのである。まるで太古の昔、人類も他の生物も共通語をもっていて、その共通語を賢治は理解しているかのようである。

賢治は人間であるが、他の生物との質の違いはない。自然をなぐさめたり、いたわったりしているのではない。賢治の存在そのものが自然なのである。太古の昔から引き継がれてきた縄文文化の香りを、賢治は楽な気持で自分のものにしていた。

稲作文化を唯一の絶対的文化とする考え方は、当然のことながら、主と客の分離、支配と被支配の関係を構築していった。多元的文化は否定され、中央集権的天皇制国家を形成する論理的基盤となっていった。

もちろん、日本文化において稲作文化のしめる地位は大きい。しかし「稲作一元論」では日本文化の総体はわかってこない。稲作以前に日本列島には狩猟採集の文化の咲きほこった時代があった。

東北——蝦夷の地は日本の原風土といってもいいような地で、稲作とはもともと無関係であった。狩猟採集の生活にとって、東北の自然は豊かな食物を提供してきた。この地が貧困の地、飢餓の地と呼ばれるようになったのは、稲作の強要が開始されだしてからのことである。稲が寒冷地に適するはずはない。この地が稲作以外の生きる手段を選んでおれば、飢餓の生活からは、免れていたかもしれない。

水田稲作は西日本を中心に発達したが、やがて近畿地方を核に強力な勢力が生れ、その勢力は東へ拡大していったのである。この勢力の拡大は多くの悲劇を生んだ。東北の地は飢餓の地となっていったのである。この地が米作に依存することは間違いだったのである。暑い地方での植物である稲が、厳寒の地で育つはずがない。東北には稲作は適さないと公言する人たちもいた。

半谷清寿は明治三十九年の段階で次のようにのべていた。

「東北の農は東北の気候風土を根拠としたるものならざるべからす。然るに今日までの東北の農は他の事物と同じく、一に西南に倣ひ西南に発達したる作物と其の作法とを輸入し来りたるものに外ならず。西南は暖地なり東北は寒地なり、暖地の作物を寒地に移す、已に不自然たるを免れず。……（略）…元来不自然的の輸入物なるを以て動もすれば凶作の不幸に遭遇するを免れず。故に東北は幸に気候良好の歳継続して稍発達進歩の途に就かんとするの好運に向はんとするの時、一朝大凶作に逢はんか、数年の辛酸経営も忽ちにして頓挫蹉跌するより外なし。」（『将来之東北』モノグラム社、明治三十九年、九六〜九七頁。）

半谷がいうように、稲作は西南地方に発達したものであって、それはもともと東北地方には無理なものであった。それが東北の人々の懸命な努力によって、東北の地でも可能になってはいるが、それは大きなリスクを背負ってのものである。

水田稲作を受け入れてからというものは、東北の地は、常に恐怖のなかに置かれてきた。この稲作を受け入れてからも、東北の生活文化の根底には、縄文の血が流れている。この縄文の血に、西南地方からの征服者たちは、強い違和感を覚えただけではなく、恐怖にふるえるところもあったのである。したがって、その恐怖をなんとしても排除しようと血まなこになる風景が登場する。

稲作を中心として完成された中央の文化が「正」で、東北のまつろわぬ者たちの狩猟採集や鉄の文化は無気味さが充満する「負」の文化であるとされた。まつろわぬ者たちは、光の届かぬ闇の世界に追いやられ、先住権を一方的に奪われる。理不尽に略奪されようとする側の抵抗を反逆と呼び、抵抗者を鬼と呼ぶ。

中央の軌道からはずされ、その復権をはかろうとする者は、無気味な思想をもった鬼とされるのである。

桓武天皇は、ことのほか東北の征服に熱心であった。熱心というか、いらだちの様相を呈したようなところがある。征夷軍をてこずらせたのは、蝦夷の長アテルイであった。延暦二十年（八〇一）に、桓武天皇は征夷大将軍に坂上田村麻呂をあてて、強烈な征圧を行った。この大がかりで強烈苛酷な征圧の目的には、稲作のための農耕地の略奪のみならず、鉱山、砂金、馬の強奪ということなどもあったように思われる。ついに翌年、延暦二十一年（八〇二）に、アテルイと盤具公母礼は、田村麻呂に破れるのである。

『日本紀略』によれば、アテルイと母礼は兵五〇〇人をつれて坂上田村麻呂の前に投降したとある。田村麻呂の美談になっているが、彼は二人の願望を受け入れ、故郷に帰して、蝦夷の残りの兵にも忠誠を誓わせるべく助命を嘆願したが、公卿たちの反対で、河内国で処刑されることになっている。
　この田村麻呂の美談に疑惑をさしはさむ人もいる。沢史生はこのようにのべている。

「田村麻呂は彼に栄誉を約し、都に連れて帰った。王権が田村麻呂の約したアテルイの名誉保持や助命など、きき入れるはずがないことを、田村麻呂が関知していなかったとは到底思えない。なにもまして、田村麻呂は『これがわたしの生捕った賊の首魁・アテルイにございます。過去二十年にわたり、宸襟を悩ませましたるあのアテルイこそ、この男にございます』と披歴したかったのではあるまいか。…（略）…アテルイが斬られてから一年半後の八〇四年一月、田村麻呂は再び征夷大将軍を拝命している。アテルイの死を心から悔んでいた男なら、彼はこの任命を固く辞していたであろう。」(『閉ざされた神々』彩流社、昭和五十九年、二二五～二二六頁。)

賢治の作品に「原体剣舞連」という詩がある。この詩のなかに、「悪路王」という人物が登場するが、彼はどういう存在なのか。どういう存在として賢治は登場させているのであろうか。一部を引用しておこう。

「Ho! Ho! Ho!
むかし達谷(たった)の悪路王(あくろわう)
まっくらくらの二里の洞(ほら)
わたるは夢と黒夜神(こくやじん)
首は刻まれ漬けられ
アンドロメダもかゞりにゆすれ
青い仮面(めん)のこけおどし
太刀を浴びてはいっぷかぷ

夜風の底の蜘蛛をどり
　胃袋はいてぎったぎた
　　dah-dah-dah-dah-dah-sko-dah-dah
さらにただしく刃を合はせ
霹靂の青火をくだし
四方の夜の鬼神をまねき
樹液もふるふるこの夜さひとよ
赤ひたたれを地にひるがへし
雹雲と風とをまつれ
　　dah-dah-dah-dahh」(『宮沢賢治全集』(1)、筑摩書房、昭和六十一年、一二一～一二二頁。)

少なくとも賢治がこの「悪路王」を恐れたり、敵対意識を燃やしているのではないことは明らかである。大自然のなかで生き、王化されることに徹底して反抗した、まつろわぬ集団の長を賢治はなつかしく思い出しているように思われてしかたがない。中央権力を手こずらせ、雄々しく闘って散華していった蝦夷の首長に共鳴し、その供養のようにも思える。

それはそうとして、賢治はこの「悪路王」を、どのようにして知ったのであろうか。

久慈力は次のようにのべている。

「賢治がいかにして『悪路王』を認識したかは不明であるが、岩手に伝わる悪路王伝説か、芸能に表現された悪路王物語か、それとも遠野出身の人類学者伊能嘉矩（いのうかのり）の悪路王研究かのいずれかであろう。伊能は、『悪路王とは何ものぞ』などの論文で、岩手の原住民について考察し、自家出版している。ちょうど『原体剣舞連』がつくられた大正一一年のことである。」（『宮沢賢治——世紀末を超える予言者』新泉社、平成一年、八一〜八二頁。）

「原体剣舞連」と「悪路王」がいったいどういうつながりがあるのか、はっきりしないところがあるが、そんなことはそう問題にしなくてもいい。賢治がこのような人物をもってきて、なにを訴え、なにを唄おうとしているかが問題である。

大切なのは「悪路王」は偉大な敗北者でなければならなかったことである。いまは滅亡してしまったまつろわぬ集団、抵抗集団の長でなければならなかった。この敗北者の情念を、東北の荒々しい環境のなかで、呼び戻そうとしたのであろう。それは賢治の鬱屈した魂を救済してくれる、ある種の魔力であったのかもしれない。

宮沢哲夫は、この詩を次のように解説している。

「賢治は眼前に原体村の少年たちの剣舞を見ながら、そこに並んで踊り狂う異界からの来訪者たちの姿をはっきりと感じている。そしてこの詩でそれをわれわれに示してくれた。悪鬼さながら、憤怒の形相の悪路王の顔。

征夷大将軍坂上田村麻呂の顔もある。悪夢の支配者、夜の支配者たち。その名もおぞましい黒夜神たち。まがまがしい亡霊たちも見える。見える。それらを賢治は過去の伝承の世界、闇の世界から呼び寄せたのだ。」(「まっくらくらの二里の洞」『江古田文学』第二十三号、平成五年冬、一〇頁。)

剣舞や鹿踊りがことのほか好きだった賢治には、稲作指導による豊作祈願よりも、縄文の狩猟採集時代における自然との一体感、また理不尽な虐待や屈辱を、そして死を強要されてきた先人たちの情念に共鳴するところがあったように思われる。

まつろわぬ鬼的存在にされた蝦夷、東北人にかぎりない愛情をふりそそぎ、哀しい涙を流したのである。

この詩にでてくる「二里の洞」について、宮沢哲夫は興味ある指摘をしてくれている。

「朝廷軍の侵攻を阻んだものは、各地での激しい抵抗であり、それを支える兵器・食料・情報交換組織の存在であっただろう。この視点から『二里の洞』を考えると、これは各地に点在する抵抗基地への一種の間道ではないかと思われ、さらには『まつろわなかった国』へ至る連絡路であったとも想像されてくる。達谷窟の他にも各地に多くの洞が存在し、それらが総合されて不気味な闇のイメージ『まっくらくらの二里の洞』として広く伝承されるようになったのではないのか。秘密のトンネル、そこにうごめく異形の者たち。悪路王や二里の洞の言い伝えは、この地に生きる多くの人びとの心の中に生き残り、それがいま賢治の詩の中に甦った。」（同前書、一一二頁。）

死を強要された敗北者たちの亡霊は、決して成仏することはない。栄華と快楽の美酒に酔いしれている勝者にたいし、怨恨と呪詛をもって、彼らを執拗に苦しめる。鬼にされた人たちは、夜宴を繰り広げる。暗い暗い闇が続けば続くほど、鬼の活躍する舞台は拡大する。この世で正義とされる巧知にたけた人間どもを徹底的にやっつけねばならないのである。

達谷の悪路王の無念を払拭し供養するために、賢治自身も唄いそして踊りたいのである。

坂上田村麻呂が体制側の英雄であるならば、悪路王は偉大な敗北者の英雄である。鬼になってでも原東北を死守せんとする精神に、賢治は共鳴したのである。

賢治が山を好んだのは、なにも土性の調査・研究のためだけではなかった。東北の地に生れ、育ち、そこで全呼吸をしていた彼には、原東北の赤く熱い血が流れていたように思われる。

家・父親・宗教

彼はもうすでに精神的には死の道を歩んでいたのである。経済的に自立していなければ、一人前の人間たりえないという「思想」にいかれてしまっているかぎり、真の人間理解は不可能である。そういうことを是認しているかぎり、この親子の勝負は最初から決着がついていたのである。これほど全面包囲されている賢治が、父親に一矢を報いることなどできるのか。父親から解放される道などあったであろうか。

橋川文三[※1]は、近代日本の知識人と家との関係をめぐる思想の問題を次のように語ったことがある。

「近代日本の知識人の思想的性格と日本特有の家族制度（家制度とよばれる）の関係というとき、すぐに思い浮ぶことがらの一つは、日本近代の知識人の思想の歴史が、いわば家からの解放を求めるさんたんたる抗争の歴史であったという印象であろう。たとえばある『めざめた個人』が家制度とそれに支えられた世間の見る眼に抗して自己を主張し、そこから生じる親と子の争い、両者それぞれの苦悩、子供の側の叛逆と家からの逃亡、その試みの挫折とその後の和解、などという経路をたどるのは一つの定型のようなものであったが、近代日本の文学史を思い浮べるだけでも、いかにこのテーマが大きな比重を占めているかはすぐに思い当ることである。」(『標的周辺』弓立社、昭和五十二年、一三七～一三八頁。)

橋川がいうように、家と個人の関係は、近代日本の抱えざるをえない一つの大きな社会的テーマであった。賢治もこの問題を避けて通ることはできなかった。彼が拘泥した大きな問題の一つは、父親であり、家業であった。寒冷、凶作、搾取、飢えと戦いつつ苦しむ東北の貧しき民衆を相手に金貸をする父政次郎、そしてそのことによって財をなした家は、賢治にとって、いかなる存在だった

1　橋川文三(はしかわ ぶんそう)一九二二(大正十一)―一九八三年。長崎県生まれ。東大卒。政治学、政治思想史研究者。丸山真男のゼミで近代日本政治思想史を学ぶ機会を得るが、その分析の角度も思想もかなり異なるといわれる。一九六〇年「日本浪曼派批判序説」を刊行し、保田與重郎ら日本浪曼派の意味を問い直した。また戦後しばらく、天皇制ファシズム批判と共に断罪されていた右翼や農本主義者らの思想の検証・再評価をおこなった。「ナショナリズム」、「昭和維新試論」などがある。

のであろうか。家業は賢治にとって憎悪の対象であり、敵愾心を燃やす材料であった。父政次郎の商売を徹頭徹尾批判し、宮沢家に生を受けたこと自体をどうしようもないのに後悔するようなところがあった。金持ちの「道楽息子」であったり、「社会的被告」であったりすることは賢治にとっては、大きな痛い屈辱であった。

父政次郎には、この賢治の苦悩は通じてはいない。それどころか金銭的に豊かで、ムラの名望家であることは彼の誇りでさえあった。

金持であることを、わざわざ他人にひけらかす父親に、賢治は憎悪と羞恥の念を抱く。

賢治が盛岡中学校に入学（明治四十二年）したときのことである。

「父よ父よなどて舎監の前にしてかのとき銀の時計を捲きし」（『宮沢賢治全集』（3）、筑摩書房、昭和六十一年、一六頁。）

父政次郎にしてみれば、この長男賢治の盛岡中学校入学は、じつにうれしく、名誉なことであり、宮沢家にとっても大きな誇りであった。舎監の前でこれみよがしに見せた銀の時計は、政次郎そのものであった。どうして、このような恥しい行為をするのか、賢治の顔からは火が出るほどみっともないことであった。赤痢にかかり隔離病舎に入院の際の父親の看病も、進学を許してくれた父親も、賢治にとって、いかなる意味をもっていたのか。賢治にとっては銀の時計の件で、それらのことも帳消になるほどの「事件」であったかもしれない。

賢治の若い時の作品に「家長制度」（大正五年）という短編がある。

「火血は油煙をふりみだし、炉の向ふにはここの主人が、大黒柱を二きれみじかく切って投げたといふふうにどっしりがたんと膝をそろへて座ってゐる。…（略）…火血が黒い油煙を揚げるその下で、一人の女が何かしきりにこしらへてゐる。酒呑童子に連れて来られて洗濯などをさせられてゐる、そんなかたちではたらいてゐる。どうも私の食事の仕度をしてゐるらしい。それならさっきことわったのだ。いきなりガタリと音がする。重い陶器の皿などが、すべって床にあたったらしい。主人がだまって立ってそっちへあるいて行った。…（略）…どうも女はぶたれたらしい。音もさせずに撲ったのだな。」（『宮沢賢治全集』（8）、筑摩書房、昭和六十一年、二九〇〜二九一頁。）

家父長制というものが、どれほど個人の自由を束縛してきたかは、いまさらいうまでもない。この短編は賢治の父、家を描いたものではないが、日本の家父長制の雰囲気の一端は描かれている。

父政次郎は、暴君ではないが、賢治にしてみればなにかにつけて、煩わしい存在であった。政治家であり、篤信家であった父親からの圧力は、賢治にとっては目に見えない暴力であった。この目に見えない暴力というものは、物理的暴力と違って、陰湿で重くのしかかるものであった。単なる暴力的父親であったなら、賢治の対処の仕方も単純であったかもしれない。しかし、そうではない父親の前で、彼は自分を押し殺し、小さくなって、内面に、内面に思いを沈めていった。

世俗的成功や地位を否定する賢治であっても、それを体現している父の世話になっている自分は、父よりさらに恥しい存在であることを認識せざるをえなかった。彼はもうすでに精神的には死の道を歩んでいたのである。経済的に自立していなければ、一人前の人間たりえないという「思想」にいかれてしまっているかぎり、真の人間理解は不可能である。そういうことを是認しているかぎり、この親子の勝負は最初から決着がついていたのである。これほど全面包囲されている賢治が、父親に一矢を報いることなどできるのか。父親から解放される道などあったであろうか。

それが有効な手段であったかどうかについては不確かであるが、父政次郎が息子賢治に期待しているところの像から、賢治が大きくズレルことは、抵抗の一つであった。つまり、父親が勝手につくりあげた賢治像を、あえて賢治が上手に打ち破ることであった。

父政次郎は、宮沢家のことを考慮して、当然のことながら、賢治の未来像を抱いている。その親の期待に沿った生き方を固辞する賢治に、いかなる道が選択できるのか。

彼は苦肉の策として、こう考えたのではないか。父が期待した息子の像に一度入ることで、それに接近してみる。そして、自分にはその力量はないということを宣言し、父親にその真の姿を見せることだと。懸命に努力したが、所詮、自分にはその能力の無いことを父親に認識させることが必要と考えた。

たとえば、父親の代役で質店の店番をしている時のことである。賢治は近隣の貧しい人々が質店に来ることを知っている。その人たちのおかげで宮沢家の商売は成立している。したがって、賢治は質店に持ってくる人々の物品の価値とは無関係に、その人々の欲しい金銭を貸してやる。

当然のことながら父親は激怒するが、こんなことを、たびたび繰り返しているうちに、わが子の無能ぶりを認識せざるをえなくなってくる。佐藤隆房はこんな文章を書いている。

「お金を借りに来る人が、つまらない価もないような品物を持って来ます。すると賢治さんは、たとえそれがちょっとも動かない時計であっても、それで借りたいと希望するだけの金を、父親に相談もせず、一存で貸してやります。『賢治、お前……値段もない物に値段以上借してやったら家が潰れるより外はないだが、そんなことで先先はどうするつもりだす。』『そだって向こうはなんたって、それくらいほしいというだから。』万事がこの調子で、借り手の頼みとあれば、品物の値段以上にどんどん貸出してやります。」(『宮沢賢治』冨山房、昭和十七年、五八頁。)

こんな商法にたいし父親の激怒は当然だし、賢治もこのことに心から賛同しているわけではないが、近隣の貧者から金銭をまきあげる父親の商魂にたいする静かな抵抗の一つとみることができよう。

父親の仕事を見て育った賢治は、商業というものに一つの嫌悪感を抱いてしまった。商業は農業のみならず、東北そのものを破壊する元凶だとみなしているところがある。それは、東北への闖入者であり、侵入者であり、略奪者であった。父親の飽くことを知らぬかのような利潤追求の前に多くの貧者が脆くも敗北してゆく姿を目の当りにしていた賢治は、感情的に商業が許せなかったのであろう。

中村稔はこういっている。

「宮沢賢治に商業の才がなかったかどうかは誰も知らない。くりかえし、じぶんには商才がないと語っていたこと、また、そのようにふるまったことは事実である。おそらく、当時の東北地方における商人が必要としたような才能を、かりにもっていたとしても、それをはたらかすことはもともかれの嫌悪するところであった。」(『宮沢賢治』筑摩書房、昭和四十七年、二六頁。)

商業主義的金もうけ主義に賢治は耐えられない感情をもつ。資本主義的構造矛盾とか、土地制度の矛盾がわからないではないが、彼の商業批判は、かなり激情的である。

禁欲的、さらにいえば、自虐的に耐える自分を貫ぬくことをもって、人間の理想像とした。

商業は農業を犠牲にして栄え、都市は農村を犠牲にして繁栄するといった単純な対立関係にも賢治の心は騒ぐ。

農村内部に存在する諸矛盾を、都市の繁栄のせいにしたり、反革命的空間として農村を脚色したりするのは、農本主義的イデオロギーであるが、賢治の心中にも、そのようなところがないとはいえない。

それはともかくとして、父親の前で小さくなっている賢治は、商業行為の世界で、自分の無能力ぶりを、遺憾なく発揮した。質草の価値を上回る金銭を貸してしまうというような商売上の無能ぶりを父の前で演ずる。

次にこれも消極的抵抗のように思えてしまうのであるが、賢治が結婚しないということがあげられる。

賢治は自分の欲を押え込むことを思想的闘いとして生き抜いたようなところがある。食生活においても生命維持のギリギリのところまで断っていた。死の到来を待っていたかのようでさえある。食の方も徹底しているが、性に関しても、彼は異常なまでに、禁欲的であった。

賢治が生涯独身を通したことは、たしかな事実であるが、そのことは女性に無関心であったということではない。また、性欲がなかったということでもない。性に関する書物も読み、数々の春画にも関心を示し、猥談にも興じ、性の欲情に圧倒され、どれほど彼はその点でも難行苦行をしたことか。込み上げてくる欲情をなんとかして賢治は、それをかわそうとして、屁理屈を用意するのであった。

性欲の発散は自殺行為で、それは墓場に通じ、あらゆるエネルギーの消耗以外にないという。これほどまでに性欲を敵視しなければならない賢治の精神は、性欲にとらわれてしまっていることを物語っている。

それにしても禁欲と妻帯しないという彼のかたい決意の裏に、どのような思いが渦巻いていたのであろうか。性欲を昇華できる芸術や労働というものがどんなものであったのか。彼はそんなことを信じようとしていただけなのではないか。そしてそんなことが可能か否かを、人間の価値評価の規準にしたいという幻想を抱いていたのである。そう信じ、そう行動をしなくてはおられなかったのである。

昭和元年の八月に設立された羅須地人協会も、農業指導、芸術指導、肥料相談など、いろいろな内容を含んだ協会ではあったが、そういうものに没頭して、性欲を昇華するということはなかったであろうか。

この羅須地人協会のころ、賢治に熱く惚れた女性が登場する。この女性の執拗な接近に賢治は困惑し、必死で逃げを敢行する。

佐藤隆房は当時の賢治の気持を次のようにのべている。

「桜の地人協会の、会員というほどではないが準会員というところぐらいに、内田康子さんという、ただ一人の女性がありました。…（略）…賢治さんも、結婚というようなことも考えたこともあるのでしょうが、弟子の高橋喜一君や伊藤忠一君などに『農村にいて、土を耕していたって詩も出来る。それには身体のうちに持っているエネルギーの、ただの一滴でも外のことに浪費してはいけない。』といって聞かせていました。そんなわけで、当惑しきった賢治さんは、その女人が来ると顔に灰をつけたり、一番汚い着物を来て出たりしていました。しかし相手の人に何らの期待すべき疎隔的態度も起りませんので、遂には『今日中不在』と書いた木札をつるすなどして、思わぬ女難に苦労をしました。」(『宮沢賢治』冨山房、昭和十七年、二〇四〜二〇六頁。)

性を断ち、結婚を拒否し、家庭をもつことを極力嫌う賢治の精神の根源はいったいどこからきているのであろうか。食も性も断つことによって賢治は、なにをどうしようと思ったのか。このことはきわめて消極的にみえるが、この消極的抵抗のなかに、鋭く激しい父親にたいする反抗があるように思えてしかたがない。

性を禁じ、妻帯しないということは、子孫を残さず、家の継続を断つということである。

賢治にとって、父親の存在は余りにも大きく重いものであった。どの道、息子賢治に父親に勝てるものはなかった。父親は庇護者であると同時に、権力者であり、抑圧者であった。それに、その地方における宮沢家の存在はきわめて大きなものであった。いわゆる名望家であった。父親は篤信家であり、仏教講習会を主催するなど、宗教活動にも精をだしていた。また、町会議員をし、町の政治にも深くかかわっていた。

しかし、賢治は篤信家として、政治家として、もっともらしく生きる父政次郎の商売が、とことん嫌だった。

貧しい人々から、絞り取るようにして、金銭をためてゆく父政次郎の姿を、彼は冷徹な目で見ていた。しかもその金銭によって飯を食っている自分に、賢治は腹を立てたのである。

小沢俊郎はこんなことを書いている。

「本来自分に関わりのない筈の生れが、たまたま他の多くの人より名あり財ある家柄であったというだけで、恰も他の人よりも個人的に価値あるかのように尊重(尊敬でなく)されており特権が与えられているということに気づいた時、恐らく主観的にその人の良心はうずくであろう。更に、つきつめて、その財産の差がどこから生れたかを考えてゆく時、何らかの形で父祖の為した不労所得蓄積の結果であることを知ったならば、彼は貧しい人々の前に或る種のひけ目を感ぜずにはいられないはずである。」(『宮沢賢治論集1——作家研究・童活研究』有精堂、昭和六十二年、三一頁。)

ならない自分とはなにか、恐ろしい自問が続く。

憎悪と侮蔑の感情を強く抱いているこの父親に、経済的支援を受けなければならない自分とはなにか、恐ろしい自問が続く。

父への反逆をやめ、彼の敷いてくれたレールに乗って、いわゆる世間でいうところの親孝行をし、家を継承し、子孫を残してゆくという道もあったかもしれないが、その道を選ぶことは、自分を放棄することになり、屈辱の道を選択することであった。

結婚をすることなく、子孫を残さないということは、消極的抵抗に思えるが、宮沢家にとっては、かなりの痛手であり、父政次郎にとっては痛恨の極みであった。

こうした消極的抵抗では、自分の感情のたかまりを押え切れないと考えた賢治は、積極果敢に父親と対決するものを見付けようとする。

その一つに宗教的攻撃があった。この宗教的対決というものは、賢治が父親を五分五分で勝負できるものであった。宗教的熱意を武器にして闘いを挑んだのである。

大正十年一月のことであるが、家を脱出しようとして迷っている賢治の背中に、棚から御書（日蓮上人遺文書）が落ちてきた。これが契機となって、上京を決意する。

賢治は大正十年一月三十日、関徳弥あてに次のような書状を送っている。

「何としても最早出るより仕方ない。あしたにしようか明後日にしようかと二十三日の暮方店の火鉢で一人考へて居りました。その時頭の上の棚から御書が二冊ばったり背中に落ちました。さあもう今だ。今夜だ。時計を見たら四時半です。汽車は五時十二分です。すぐに台所へ行って手を洗ひ御本尊を箱に納め奉り御書と一所に包み洋傘一本持って急いで店から出ました。」（『宮沢賢治全集』（11）、筑摩書房、昭和四十三年、一八五頁。）

賢治は日蓮主義を唱導する田中智学[※2]の国柱会を訪れる。彼は法華経を選ぶことによって、父政次郎の浄土真宗を批判し、世俗的評価を獲得している彼の地位や名誉を徹底的に批判する。

この国柱会への加入ということは、賢治にとっては一大事件であった。そのことは、それまで家によって、父親によって拘束され、呪縛されていた自分を解放することであった。

花巻で父親に奪われてしまった人生を、なんとかして自分のものにしたいと念願する賢治は、自分の生命を日蓮に、国柱会に、田中智学に捧げてもいいと決意する。

この国柱会という団体は蓮華会、護持正法会、立正安国会を経て、大正三年に国柱会となったのであるが、その創始の宣言の一部にはこうある。

「〈国柱会とは専ら国聖日蓮大士の解決唱導に基きて、日本建国の元意たる道義的世界統一の洪猷を発揮して、一大正義の下に四海の帰一を早め用て世界の最終光明、人類の究竟救済を実現するに努むるを以て主義と為し、

2　田中智学（たなか ちがく）一八六一（文久元）—一九三九年。第二次世界大戦前の日本の宗教家。本名は巴之助。多田玄龍・凛子の三男として江戸で生まれ、十歳で日蓮宗門に入り智學の号を受けた。その後、日蓮宗門から還俗。一八八四年（明治十七）東京で立正安国会を結成。一九一四年（大正三）には諸団体を統合して国柱会を結成した。日蓮主義運動を展開し、日本国体学を提唱。一九二三年（大正十二）日蓮主義と国体主義による社会運動を行うことを目的として立憲養正會を創設し総裁となった。

之を研究し之を体現し、之を遂行するを以て事業となす。〉」（上田哲『宮沢賢治――その理想世界への道程』明治書院、昭和六十年、七二頁。）

田中智学が他の指導者と違うところは、宗教というものの社会的ひろがりという点に着目しているところである。彼は「社会開顕」ということに力点を置き、現実の社会生活のなかで宗教的意識が発揚されなければならないという。この田中の実践力というものが賢治の羅須地人協会の実践のなかに、あるいは童話のなかに生かされている。

いうまでもなく、この教団は単なる宗教団体ではなく、きわめて政治色が濃く、国家主義的、国体主義的なものを含んでいる。このことが、やがて、軍国主義的、ファシズム的な波に飲みこまれてゆく結果になる。こういう傾向が強く表面化したので、賢治はこの国柱会を去ったといわれている。堀尾青史の『年譜』などがその一例であるが、それにたいして反論する人もいる。

千葉剛は国柱会発行の「天業民報」によって、次のような主張をしている。

「神野氏より入手した資料について考察してみた。これによると、賢治は花巻に帰郷後も国柱会信行部会員だったことになる。従って、堀尾氏の、賢治は国柱会から離れていたとする記述は、時期や理由も明確ではなく、その論拠は崩れたと言えるのではないだろうか。」(「図書新聞」平成八年十月二十六日)

国柱会にすべてを捧げようとする賢治の熱情とは逆に、相手方の国柱会の対応は冷やかなものであった。両親との感情的対立からくる家出ぐらいにしか受けとめてはくれなかった。

国柱会に熱中する気持が持続したかどうかは別として、どうあがいても、消極的方法では父親と対峙し、また離れることは不可能と考えた賢治は、いつの日にか果敢な攻撃にでたいと考えていた。世間の名声をバックにした父親の「正当性」を打破する武器が欲しかった。国柱会、法華経への傾斜はその一つの方途であったとみるべきであろう。

宮沢家の浄土真宗にたいし、賢治は法華経を表面に押し出した。父親との対決手段であると同時に、自己確立の手段でもあった。これは宗教的対立というよりは、反父親の感情が優先しているかのようである。

田中智学の国柱会とか法華経というよりも、じっとしておれない賢治の焦燥感が伝わってくる。「南無妙法蓮華経」を高唱しながら町内を歩くという奇行ともとれるような挙にでる。親類縁者の家の前では、ことのほか大声で、しかも時間をかけたという。

佐藤隆房は賢治のこの寒さをついての修行を次のようにのべている。

「だんだん近くなるとその声は、聞く人の身体がひきしまるような、悲壮とも思われる熱烈な信者の声なのです。帽子もかぶらず、かすりの着物にマントを着、合掌して過ぎて行きます。ある店の前を過ぎる時、店の人人は驚いた顔をして申しました。『あれは賢治さんだな。』『本当に賢治さんだ。』その時、ちょうどその店に来ていた賢治さんのお父さんは、その話を聞いてびっくりしました。『あの馬鹿が、あの馬鹿が』と言いながら急いで店前に出て来ましたが、その時は賢治さんは最早ずうっと向こうの方へ行っておりました。」（前掲書、五九〜六〇頁。）

この賢治の奇行とも呼べるような行動に、父政次郎は驚いたにちがいない。そして大恥をかかせられたにちがいない。息子のこの恥かしい行為は、痛恨のきわみであった。父親を改宗することはできなかったが、賢治のこの行動は、父親を一撃するには十分であった。

浄土真宗という宮沢家の信仰の重さを、父親が、そう簡単に放擲するはずがないことを十分知りながらも、賢治は法華経信仰という大義名分のもとで、父親と対峙したのである。

父親の存在を動揺させ、反省させるには、この道しかないということはわかっても、それだけの理論的根拠がなければならないはずである。法華経のどの部分に、その根拠となるものがあるのか。

賢治が田中智学の国柱会に入るため上京を決意するにいたったものが、法華経の「妙荘厳王本事品」ではなかったかというのは多田幸正である。多田の言葉を引用しておこう。

「要するに、賢治が『妙荘厳王本事品』に読み取ったものとは、法華経を信じ、それを拠り所とすることによって掌中にし得る可能性——それは自分を父に対置させる、というよりは、自分と父との立場をまったく逆転させる現実的な根拠を秘めた可能性だったのであり、斯る観点からするなら、この『妙荘厳王本事品』もまた、賢治をして『異常な感動』を誘発させるに充分な、切実かつ深刻な問題を孕んだ一品だったことが分かるのである。」
(『宮沢賢治——愛と信仰と実践』有精堂、昭和六十二年、八頁。)

愛情と抑圧が混然となった、真綿で首を締められるような環境から是が非でも自立したかった賢治は、もはや宗教上の問題ではなく、反父親への拠り所が欲しかったのである。
「妙荘厳王本事品第二十七」は次のようにはじまる。

「その時、仏は諸の大衆に告げたもう『乃往古世、無量無辺不可思議の阿僧祇劫を過ぎて、仏有せり。雲雷音宿王華智多陀阿伽度・阿羅呵・三藐三仏陀と名づけたてまつる。国を光明荘厳と名づけ、劫を喜多と名づく。彼の仏の中に、王有り。妙荘厳と名づけ、その王の夫人の名を浄徳と曰う。二の子有り。一を浄蔵と名づけ、二を浄眼と名づく。この二の子に大神力・福徳・智慧ありて、久しく菩薩の所行の道を修せり。」(『法華経』(下)、坂本幸男・岩本裕訳注、岩波書店、昭和四十七年、二八八頁。)

妙荘厳王は仏の世界に所属しているにもかかわらず、その道を信じようとせず、異端の道に走り、波羅門に傾斜しており、どうにもならない状態であった。母は二人の子どもたちに、外道の道に入っている父親を、仏の力によって改宗させよと命令する。その甲斐あって父親はすっかり心を入れ替え、外道の道を捨てたのである。

「妙荘厳王本事品」にはこうある。

「母は子に告げて言わく『汝の父は外道を信受して深く波羅門の法に著めり。汝等よ、応に往きて父に白して、与して共倶に去かしむべし』と。浄蔵と浄眼とは十指の爪と掌を合せて、母に白さく『われ等は、これ法王の子なるに、しかもこの邪見の家に生れたり』と。母は子に告げて言わく『汝等よ、当に汝の父を憂い念いて、為めに神変を現わすべし。若し見ることを得ば、心は必ず清浄ならん。』」(同前書、二九二頁。)

二人の子どもの努力(神変)によって、父親は心を改め、外道の道を捨てることになった。異教徒となっていた父親を二人の子どもは、改宗させたのである。

多田幸正はこの話を賢治と父に結びつけて次のように説明している。

「これをいま、賢治と父政次郎の関係になぞらえるならば、父王の改信を願う王子が賢治であり、異教徒の父王が浄土真宗の門徒たる父政次郎ということになる。賢治もまた父政次郎に法華経信仰への改宗を迫り、ついには家出同然の上京を決行することになるのだが、彼がそうした行動に踏み切るに至った、一つの重要な拠り所としてあったのが、この『妙荘厳王本事品』ではなかったか。」（同前書、七〜八頁。）

花巻の地で、民衆の犠牲の上に成立しているといっていい父親の権威、その権威を支えている浄土真宗と堂々と闘えるのは、別の宗教、つまり法華経であった。これによって、賢治は、はじめて父親と対等の立場に立てたと思ったにちがいない。

次に賢治の父親への積極的抵抗は、徴兵をめぐる問題であるが、これは「徴兵をめぐる問題」という章でのべることにするので、ここでくわしくのべることはしない。

国柱会入会より少し前のことであるが、賢治は徴兵の問題で父親と激しく対立する。父政次郎は家の後継者である長男の戦死を恐れ、賢治の徴兵検査延期策を考えた。研究生となれば特典があり、延期が可能となるのであった。父親は、あれこれ理屈はつけるが、それは父親のまったくのエゴから発せられるものであるとの認識を賢治はもっていた。したがって、政次郎の主張には、正当な根拠はないとみていた。

多くの若者が、堂々と受けるその徴兵検査を我が子にだけはそれを受けさせたくないとする父親の魂胆が許されなかったのである。彼は積極的に徴兵検査を受けようとする。

結果的に徴兵検査は、丙種合格ということで、兵役は免除されることとなったが、この時の賢治には検査を受けることはいうまでもなく、戦闘行為に積極的に参加し、生命を断つことも当然のこととして受け入れようとしている。

このことは賢治の諦観ではなく、父政次郎への屈折した憤怒であった。人は正面からの対抗手段を喪失したとき、自分の生命をも犠牲にしてでも間接的に対抗の契機をつかもうとする。

大きな岩石のような存在である父親の権威への反抗が、自分を責め、苦しめ、とんでもない行動に走ったのである。父親を責めきれぬ時、自己懲罰という行為をとることはよくあることである。賢治の徴兵検査への積極的姿勢は、そのように解釈してもよかろう。

ともかく父親が不機嫌になるであろうと予測できることを、あえて断行しようとする賢治の態度に暗く哀しい精神をみる。

童話について

子どもから大人になろうとした瞬間、あるいはなった瞬間に、人間は大切なものを喪失するが、それに気づかない。

賢治はその喪失したものとか、排除したものとかのなかに、「キラリ」と光る本物を発見したのである。

透明な原初の精神が汚れ、自と他とが分裂しそうになるところに危機を感じ、その原初の精神を死守しようとするところに、賢治の童話の原点がある。

国柱会、日蓮宗に没頭していた賢治は、父親から一日も早く逃げたかった。大正十年一月二十三日、ついに決行の時が来たのである。突如として上京することになる。

上京した彼は、東京帝国大学の赤門の前にあった「文信社」で、印刷の仕事をした。

鈴木東民という人がその当時の賢治について次のようにのべている。

「今でこそ無帽はあたりまえのことになったが、当時、袴をつけて無帽というのは異様に感じられたものだ。その袴の紐にいつも小さい風呂敷包がぶらさがっていた。最初、わたしはそれを弁当かと思っていたが、童話の原稿だということだった。もしこれが出版されたらいまの日本の文壇を驚倒させるに十分なのだが、残念なことには自分の原稿を引きうけてくれる出版業社がいない。しかし自分は決して失望はしない。必ずその時が来るのを信じているなどと微笑をうかべながら語っていた。そういうときのかれの瞳はかがやき、気魄にあふれていた。」（「筆耕のころの賢治」、草野心平編『宮沢賢治研究』（1）、筑摩書房、昭和二十三年、二四八頁。）

国柱会の理事であり、講師でもあった高尾智耀は、日蓮主義というものを文芸活動に生かし、法華経を普及すべきことを賢治に伝えている。賢治は高尾の助言によって、「文信社」で働きながら、童話の創作に熱中した。小説を書くなどということは、何の雑作もなくやれることであるが、自分は童話を書くという。小説では描けない世界を、賢治は童話で書きたかったのであろう。

それにしても、小説の存在をここまで軽視し、愚弄し、童話を書こうとしたのはなぜか。

国柱会の高尾の影響はいうまでもないが、鈴木三重吉の「赤い鳥」[※1]（大正七年創刊）を核とした大正期の児童文学興隆の熱い風に刺激されたことも、理由の一つであろう。いま一つは、東北という風土が、彼をして民話風の童話を書かせたのかもしれない。

子ども向けの童話を書くというような考えを賢治ははじめからもってはいなかった。

自分の想念を表面化し、伝達するにはどのような手段が有効であるかを考えていた。

大正期の児童文学は「赤い鳥」、それに類似したものの全盛期であった。大正デモクラシーの波もあって、子どもの個性開発という教育思想などが重視されていた。

この「赤い鳥」は当時としては新しい波を引きおこしたものであったし、各方面から期待もされていた。児童文学の領域が確立され、その領域の作家も登場することとなった。

谷崎潤一郎、島崎藤村、徳田秋声、泉鏡花、秋田雨雀、小川未明らが顔をつらねていた。

この雑誌に賢治の作品は受け入れられることはなかった。

いうまでもなく、賢治の書くものは、子どもの教育のためとか、彼らに受けようとするようなものではない。ということは、近代ヒューマニズム、人間中心主義ではとらえきれないものを含んでいたといえよう。そうだとすれば、「注文の多い料理店」などは、「赤い鳥」にはなじまない作品であった。

「注文の多い料理店」の序文が、賢治のすべてを語っている。その一部にこ

1　鈴木三重吉(すずき みえきち) 一八八二(明治十五)―一九三六年。広島県出身の小説家・児童文学者。日本の児童文化運動の父とされる。東京帝国大学で夏目漱石に師事、その推挙を受け「千鳥」を書き、「ホトトギス」明治三十九年五月号に掲載される。翌年、二作目「山彦」を発表し、好評を得る。大正五年の長女すず誕生をきっかけに童話雑誌の創刊を構想し、大正七年、雑誌「赤い鳥」を創刊。自ら作品を執筆しながら、主宰として手腕を発揮し、童話・童謡を中心に多くの名作と書き手を世に送り出した。

うある。

「わたしたちは、氷砂糖をほしいくらゐもたないでも、きれいにすきとほった風をたべ、桃いろのうつくしい朝の日光をのむことができます。またわたくしは、はたけや森の中で、ひどいぼろぼろのきものが、いちばんすばらしいびろうどや羅紗や宝石いりのきものに、かはってゐるのをたびたび見ました。わたくしは、さういふきれいなたべものやきものをすきです。これらのわたくしのおはなしは、みんな林や野はらや鉄道線路やらで、虹や月あかりからもらってきたのです。」(「注文の多い料理店」〈序〉『宮沢賢治全集』(8)、筑摩書房、昭和六十一年、一五頁。)

ここで賢治がいっていることは、ウソではない。彼の身体全体が自然から様々なものを吸収できるようになっているのである。

「赤い鳥」は、このような語りの理解にはとまどったと思う。

梅原猛がこんなことをいっている。

「賢治の童話が当時の童話界の第一人者、鈴木三重吉のところへ持ち込まれたが、鈴木三重吉はどうにも賢治の童話を判断するのに困ったという話がある。おそらくそのとおりであろう。鈴木三重吉の童話が童話であるならば、賢治の童話は童話ではない。賢治の童話が童話であるならば、鈴木三重吉の童話は童話ではない。三重吉の童話はやはり近代人の世界観の上につくられているのである。そして近代人の読物として少年少女用に、彼は童話をこしらえたにすぎないのである。」(『賢治の宇宙』佼成出版、昭和六十年、一五～一六頁。)

賢治は大人が子ども目線にまで下降して、「良い子」を育てるといった教育目標などにもとづいて童話を書いたのではない。また、プロレタリア児童文学のようなイデオロギッシュなもので、気炎をあげようとしたのでもない。

彼がどうしても描きたかったものは、生きとし生けるものの原初の精神、未分化状態における世界をのぞいてみたいというものであった。

近代世界というものは、すべてのものを分化、分割することが進歩であると考え、人間と動物、主と客、支配と被支配というような道を選択し、不幸、悲劇を生んでいった。

賢治はそのような近代化の嵐の前に立ちはだかって、大自然、宇宙のなかの原初の魂を呼び戻したいのである。

人間が中心となって、他の生物を犠牲にして、反省することもなく突進する文明を、彼は根底から疑っているのである。

賢治は原初の精神を喪失していない現代に生きる縄文人なのである。人間も動物も植物も、生きとし生けるすべてのものが使用していたであろう「共通語」を彼は知っている。

国家も資本も流通もない縄文の世界で呼吸している賢治は白鳥のような存在である。白鳥は神の使いである。

「赤い鳥」の精神で、賢治の作品は読めない。鈴木三重吉に賢治の作品は読めない。したがって、ロシアかどっかに持ってゆけといったのは鈴木三重吉の限界である。縄文は近代にはつながらない。

賢治の作品と「赤い鳥」を比較して次のようにいう人がいるがうべないたいと思う。

「賢治の作風と『赤い鳥』の性格には大きな開きがあった。すべての原稿に目を通したわけではない三重吉には『ロシア』風な作風に見えたのである。これは賢治にとって非常に皮肉なことであった。賢治の作風のうちで『ロシア』風な作品といえば、数えるほどしかないのだから。…（略）…芸術的児童文学の創造を標榜した『赤い鳥』運動の目指していたものは、芸術性のみ考えるならば、『赤い鳥』の水準をはるかに抜き、今日といえども、これ以上の作品は現われていない賢治の童話に見い出されるべきであった。」（福田清人・岡田純也『宮沢賢治』清水書院、昭和四十一年、八七頁。）

地球に存在するすべてのものが一体となって躍動する世界、それは縄文の世界であって、近代が人工的につくりあげた諸々の文明を突きぬけた宇宙空間である。近代の学校教育によってつくられた人造人間たちの世界とは違う。賢治はそこに立ち、すべてを直感するのである。賢治の精神の母胎は縄文なのである。しかし、その精神は重く強い弥生に征服され、ながい間、彼自身もそれを取り出すことはなかったのである。

賢治が生涯、ほとんど離れることのなかった東北の地には縄文文化の鉱脈があった。彼はその風土的情念を生涯にわたって、心中に宿しながら生きた。人はよく寒冷地である東北の貧困をいう。そしてその貧困という環境が基盤となって、童話も詩も生れたという。しかし、貧困だけが賢治の童話を生んだのではない。ある意味では、そこには精神的豊かさがあったのである。

賢治の精神は、今日われわれが疑うことなく前提としているヨーロッパ文明を強烈に批判攻撃している。

そういう意味においては、彼は現代文明肯定者にとっては大きな恐怖をあたえる思想家である。

梅原猛は賢治を次のような「危険な文学者」だという。

「宮沢賢治は三島由紀夫が危険であると云う意味よりはるかに深い意味における危険な文学者なのである。……（略）……宮沢賢治の批判精神は現在地球上を支配しているヨーロッパ文明に対する東洋的な慈悲の精神からの強烈な批判なのである。三島の危険さは戦後日本を支配した市民的インターナショナリズムに対してある疑問符をなげかけ、反動の道を用意するにすぎないが、賢治の危険さは、何千年にわたる人類の文明に疑問符をなげかけ、そしてその文明の根本的変革によって新しい慈悲の文明を地上に現出させようとするものである。」（「宮沢賢治と風刺精神」『宮沢賢治』〈現代詩読本〉思潮社、昭和五十八年、一六〇頁。）

賢治は縄文人としての山男が好きである。

山男は人造人間ではなく、自然の懐からこぼれ落ちるようにして登場してきたもののようである。山男の日常は、全面的に自然に依存している。作為的に自然に挑戦したり、改変したりはしない。一木一石にいたるまで、それぞれのなかに神が宿り、その神との交感、交流を通じて山男は生きている。その謙虚さが維持されて、はじめて自然は山男をあたたかく包んでいてくれる。人間がそのように生きようとするならば、そこに絶対的に要請されるものは贈与の精神であるが、この市場原理が横行している現実世界で、そのような精神を貫くことは死を意味することになる。

本格的な純粋贈与を人間以外の生物は人間にしてくれている。どのようなエゴも捨て、花を咲かせ人間を楽しませてくれる。人間はその花にたいし、なに一つ与えることはしない。

仏教の厳しい修行というものは、その贈与への御礼、感謝を教えてはいるが、普通の人々にそのことの実現は不可能である。

人間以外の動植物を抹殺して生きることを根本に置くヨーロッパ文明にたい

し、賢治は強い疑念を抱いている。

先にあげた「宮沢賢治と風刺精神」のなかで、梅原猛は賢治の「注文の多い料理店」をヨーロッパ文明にたいする鋭い風刺の精神に満ちた作品であるという。

ヨーロッパ文明の本質がよく表現されている。人間中心の世界、すべての価値を金銭ではかる。他の生物の殺害が趣味となっている点などが、よくあらわれているという。

この作品は次のようにはじまる。

「二人の若い紳士が、すっかりイギリスの兵隊のかたちをして、ぴかぴかする鉄砲をかついで、白熊(しろくま)のやうな犬を二疋(ひき)つれて、だいぶ山奥の、木の葉のかさかさしたとこを、こんなことを云(い)ひながら、あるいてをりました。

『ぜんたい、こゝらの山は怪(け)しからんね。鳥も獣も一疋も居やがらん。なんでも構はないから、早くタンタアーンと、やって見たいもんだなあ。』

『鹿の黄いろな横っ腹なんぞに、二三発お見舞まうしたら、ずゐぶん痛快だらうねえ。くる〳〵まはって、それからどだっと倒れるだらうねえ。』……（略）…あんまり山が物凄いので、その白熊のやうな犬が、二疋いっしょにめまひを起して、しばらく吠って、それから泡を吐いて死んでしまひました。『じつにぼくは、二千四百円の損害だ』と一人の紳士が、その犬の眼ぶたを、ちょっとかへしてみて言ひました。『ぼくは二千八百円の損害だ。』と、もうひとりが、くやしそうに、あたまをまげて言ひました。」（「注文の多い料理店」『宮沢賢治全集』（8）、筑摩書房、昭和六十一年、四〇～四一頁。）

この文章の一部分を見ただけでも、賢治が何を見ようとしているかがわかるというものである。

ピカピカの鉄砲をもった紳士に象徴される文明が、人間以外の動物を殺害し、それを食うというところにその本質があることを彼は指摘している。

ここには殺害される側、被支配者側からの発言はなにも認められない。大切な猟犬が死んでも、金銭にしか換算できぬ二人の紳士がいる。

人間が人間だけを愛する思想がヒューマニズムであれば、それは地球破壊の方向へ進むしかない。人間が人間のみを大切にするということは、ヨーロッパがその強国のみを愛することにつながり、弱者を制圧することにつながってゆく。ヨーロッパ文明の発達の裏に、非ヨーロッパの悲劇がある。

賢治の精神には、傲慢のきわみともいうべきヨーロッパ文明の本質であるような自然破壊と違い、自分の言動の一つ一つに関して、自然の神、森の神にお願いをし、許可をいただきながら、祈るというものがある。

これこそが自然と共に生き、生かされている縄文人の世界である。

市場原理を根幹に置き、伐採、破壊を繰り返す「近代化の道」を、唯一絶対の価値ときめこんで生きる人の眼には、この謙虚さは、停滞と愚鈍としてしか映らない。

賢治は柳田国男のような研究者ではないから、山人、山男に関する多くの資料の採集など必要ではなかった。賢治の心中に山男の血が流れていると想像するだけで十分なのだ。

彼の描く山男は、里人、平地人のように狡智にたけたところもないし、傲慢でもない。

自然の征服とか支配という意識もない。こういった賢治の描く山男を、「教養の低い」人間だ、などと評する人がいるが、まるで賢治の精神も世界もわかっていない人である。

「教養」とは、どういうものをいうのか。その人に問うてみたい。山男に、いわゆる「教養」というものが必要なのか。縄文人に弥生人の「教養」など不必要である。

賢治は山男と一体なのである。客観視などしていない。

稲作人なんかより、はるか昔の山男の仲間として、賢治は身を横たえていたかった。

農民にたいし、命懸けの支援を惜しまなかった賢治ではあったが、動物、植物を人間の都合で改良し、殺し、主人公におさまるという生き方によっては、彼の精神は安定することはなかった。

賢治は「食べる側」に立ってはいない。「食べられる側」に立って、すべてを判断している。「食べられる側」に執着し、食べる人間を軽蔑し、戒め、徹底的にこらしめたいのである。

ところが現実世界というものは、食う側が支配者になり、わがもの顔で生きている。

「よだかの星」に登場する「よだか」は、自分の生命を維持するために、是が非でも、他の小動物を殺し、食べなければならないという運命にある。

近代化とは、他を抹殺し続けることによって形成されているわけで、その勢いは燎原の火のごとくである。

その道から、はずれようとすれば、それは自分が死を選ぶしかないのである。

近代化のなかで生きるということは、他の生命を奪うということを前提とする。

人間が自然というものを支配する以前のところに賢治の魂は生きている。つまり、彼は自然と人間の未分化の状態に自分を横たえることのできる人間なのである。

近代文明というものが、自我の拡張を人間社会の基本原理にしているかぎり、近代化がすすめばすすむほど、人間は自然から遠ざかり、自然が話しかけてくる諸々の音も色もなにもかも、なくなってしまう。人間も含めて、生きとし生けるものは、存在そのものが悪そのものなのである。

「よだか」は、自分をこの世から消すことによってしか存在の意味がないところまで追い込まれてゆく。

賢治の作品は、他を蹴落し、排除し、抹殺することはない。主人公は死を選び、しかも夭折するのである。

自と他、人間と自然を分割、分裂さすことなく、溶け合って一つになる状況、これを生み出そうとすれば、それは近代化を峻拒し、人間がつくりあげるヨーロッパ文明の発達を阻止するしかない。

大人になるということは、世間の塵埃を身につけ、それを武器にしながら生きてゆくことである。それに拘束されながら生きてゆくことに耐えられないならば、未発達、未分化の状態で夭折するしかない。

しかし、現実世界においては、子どもは大人になってゆく。自我をもち、自と他を区別し、他を犯しながら「成長」してゆく。この過程を誤ると、いわゆる脱落者という烙印を押されることになる。脱落者になるまいと多くの人が懸命に大人への道を駆けのぼろうとする。

経済的に自立している人間を大人と呼び、それができていない人間は大人社会から疎外される。

子どもから大人になろうとした瞬間、あるいはなった瞬間に、人間は大切なものを喪失するが、それに気づかない。賢治はその喪失したものとか、排除したものとかのなかに、「キラリ」と光る本物を発見したのである。

透明な原初の精神が汚れ、自と他とが分裂しそうになるところに危機を感じ、その原初の精神を死守しようとするところに、賢治の童話の原点がある。

大人としての生活者に彼はなれなかったのではなく、ならなかったのである。

「食う」ということを可能にする諸々の行為に賢治は執着しない。断食的行為を自らに課している。食うということを人生の重点課題にしていたならば、賢治の作品の内容は大きく違うものになっていたであろう。

生活すること、経済的に自立することが人間として当然の道だとは思っていない。

諸々の垢を身につけてしまった大人が、降りようとしても降りきれなかった童心の世界に彼は容易に降りてゆけたのである。

生活の垢だらけになった大人の童話作家が、いくら童心を理解しようとしても、それは無理というものである。大人が童心を理解することのできる唯一の道は、その大人が「狂」の道に入ることである。

賢治は「狂」の世界に入ることもでき、子どもの内面を覗くこともできた数少い作家であった。

それは終生親によって生活の面倒をみてもらっていたとか、本格的農民になっていなかったとかという問題ではない。

経済的に自立していることが、そんなに価値あることか。市場原理の波に乗って、物を多く生産し、能率、合理性の世界に生きることが人間の絶対的価値なのか。

縄文の世界に降りてゆけばゆくほど、大人からは離れ、子どもの世界に入ってゆく。現世離脱の方向へ、彼は非生産者として走った。

彼の童話を読むということは、世間の小説とか、児童文学への批判をはるかにこえて、人間の奥の奥にかすかに残っている原初の声、それは天の声、神の声といってもいいが、それを聞くということである。

しかし、そのことは、近代の毒を大量に飲まされている私たちには、ほとんど不可能にちかい仕事である。

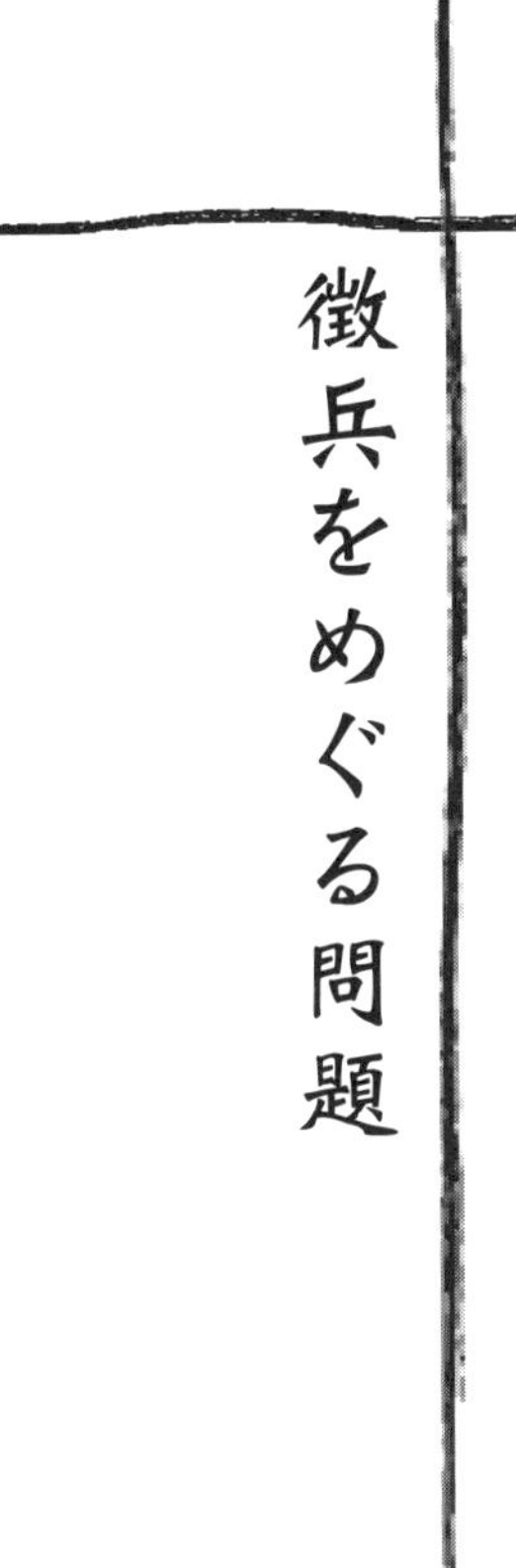

徴兵をめぐる問題

人間の生も死も、前進も後退も、それぞれの避けられない運命で、その正否の判断は絶対者に委ねるしかないという諦観に、賢治はのめり込むことがある。

賢治のこのひたむきさを権力迎合、体制擁護者として切って捨てることは簡単なことである。しかし、それは賢治から何をも学ぶことにならないということをいっておきたい。

　苛酷な自然と土地制度の桎梏のなかで、日常の貧困にあえぐ生活者の論理は、賢治をひたすら走らせた。彼は到達不可能な道をひたすら走ったのである。

賢治は大正七年、盛岡高等農林学校を卒業することになるが、ここでの卒業論文（得業論文）は、「腐植質中ノ無機成分ノ植物ニ対スル価値」というもので、この研究はのちの農事指導に大いに役立ったのである。とくに肥料設計などに役立ったといわれている。

関豊太郎という人の指導を受けたが、この人は賢治に好意をもっていてくれた。しかしこの教授のもとでの土性調査のみでは、自分の夢は達成されないと賢治は考えた。

同時期に徴兵検査という現実がせまっていた。この問題をめぐって賢治は父親と激しく衝突することになる。徴兵の問題というより、宮沢家の問題として沸騰したといったほうがよかろう。

父政次郎は、長男である賢治にはなんとしても家の後継者として残ってもらいたい。したがって、徴兵検査もできれば延期して欲しいと願っている。徴兵制度の学生のための猶予特典を使用しようとする父親にたいし、賢治は自分の強い意志を貫き、徴兵検査を受けねばならぬと主張する。徴兵を免れさせようと、あれこれ画策する父政次郎のエゴに、賢治は憎悪の念すら抱く。そして、父親が最も嫌がるであろうことを、あえてするという気持が賢治の心中には充満してくるのである。

父親を驚愕させ、憤怒の念をあえておこさせるような言動を賢治はとる。ここでも賢治は自分の言動に正当性を置いている。

世界が、人類が平和で幸福でなければ、自分の幸福などありうるはずがないという信念を賢治はもっていた。父親の利己主義、特権意識など断じて許されないのである。

大正七年二月一日、賢治は次のような手紙を父親に書き送っている。

「次に徴兵の事に御座候へども右に就ては折角御思案され候処重ねて申し

兼ね候へども来春に延し候は何としても不利の様に御座候斯る問題はその為仮令結果悪くとも本人に御任せ下され方皆々の心持も納まり候間何卆今春の事と御許し下され候仮令半年一年学校に残るとしても然く致し下され候はば入営も早く来々年よりは大抵自由に働き得る事に御座候」(『宮沢賢治全集』(11)、筑摩書房、昭和四十三年、三七〜三八頁。)

賢治は自分の二度にわたる入院で、父親にどれほど迷惑をかけ、また、学校にも進学させてもらい、何不自由なく学費その他書物など十分に購入させてもらった。これらのことを賢治は父親にたいし、深々と頭をさげ、感謝の意を表している。この父親の恩に報いたいことを発言してはいるが、その報恩の内容が常識的ではない。社会通念としてある家の建築や、賢い子孫を残すといった類のものを彼は極力嫌う。

父親を激怒さすような発言を、あえてする。

地方の名士である父政次郎がどれほど世間体を気にするかを賢治はよく知っ

ていて、あえて、それを打ち破ろうとする。
大正七年二月二日の父親宛の手紙である。

「依て先づ暫らく名をも知らぬ炭焼きか漁師の中に働きながら静かに勉強致したく若し願正しければ更に東京なり更に遠くなりへも勉強しに参り得、或は更に国土を明るき世界とし印度に御経を送り奉ることも出来得べくと存じ候依て先づ暫く山中にても海辺にても乃至は市中にても小なる工場にても作り只専に働きたく又勉強致したくと存じ候孰れにせよ結局財を以てするにせよ身を以てするにせよ役に立ちて幾分の御恩を報じ候はば」

(同前書、四一頁。)

父親の神経を逆撫でするような発言を次々と賢治は用意する。彼は父親の魂胆を察し、父親は真にわが子のことを考えるのではなくて、宮沢家の長男の戦死――家の断絶を恐れての、いわゆる世俗的エゴにたいし痛棒をくらわしているのである。

宗教的信念も賢治の発言を強くしたともいえるが、それよりもなによりも、父親にたいする不信がバネになったとみるべきであろう。

徴兵検査の延期などを考えると、その瞬間から生活が、そして精神が弛緩し、あらゆるものが放縦をきわめることになるという。どうしてそういうことになるかといえば、徴兵延期の動機が不純で、そこに策略があるからだと賢治は考えている。

同年の三月十日には次のように書き送っている。


「子孫を断じ祖先の祭祀を停め候事は我国人をして最大の不孝に御座候へども只今は何とも仕方なき時代に御座候戦争は人口過剰の結果その調節として常に起るものに御座候真実の幸福は家富み子孫賢く物に不自由なきときにも欠け候事多く誠の報恩は只速に仏道を成じて吾と衆生を共に法楽を受くるより外には無之御座候」(同前書、四七頁。)

徴兵をめぐって賢治は、父親とは根本的に相容れないものがあった。

この論争のなかに、賢治の徴兵の問題をこえた戦争、生死に関する思いが表現されている。

そもそも徴兵制というものは、いかなるものであったのか。一口でいってしまえば、安上りの軍隊をつくることであった。

徴兵令というものはこのようにして完成したのである。


「徴兵令は、一八七三年(明治六)一月一〇日、前年末の徴兵の詔書および太政官告諭の軍事情勢を視察し、両国の軍制を比較研究して帰国し、陸軍大輔に就任した山県有朋であった。山県の結論はプロイセン式兵制に傾いていたが、山県の就任当時、日本の陸軍建設の方向はすでにフランス式へと向きつつあった。」(大江志乃夫『徴兵制』岩波書店、昭和五十六年、五〇頁。)

明治六年という時代の法令ということで、一般の民衆にとって、これが何であるか、たしかなことはわからなかったにちがいない。あまりにも突然のことで、まさに青天の霹靂であった。

菊池邦作は次のようにのべている。

「従って徴兵制度による国民皆兵の実施は、当時の人民にとっては晴天の霹靂であり、前代未聞の出来事であった。農民も商人も徒弟もかつて鉄砲を担いだり、刀を下げたりすることは夢想もしなかったことであり、人間同志の殺し合いである戦争に自ら参加するなどということは全く思いもよらぬ災難とうけとり一種の恐慌状態を呈するに至った。」(『徴兵忌避の研究』立風書房、昭和五十五年、一六〜一七頁。)

この徴兵検査で不合格になるように、民衆もいろいろと知恵をしぼり、それなりの「徴兵のがれ」を考案している。徴兵反対のための一揆も次々とおきている。なかでも明治六年におきた岡山県の美作地方でのものは最大の一揆であった。

徴兵をのがれるための合法的手段として養子縁組が流行した。社会的に大物と呼ばれた人たちも、この養子縁組を利用している。

「伊藤博文の女婿であり、第四次伊藤内閣の内務大臣となった末松謙澄は代人料二七〇円を払って免役となったが、司法官僚として検事総長をへて田中義一内閣・犬養毅内閣の内務大臣となった鈴木喜三郎は、代人制廃止後に徴兵養子となって徴兵を逃れた。徴兵忌避を取締る警察の大元締である内務大臣が、合法的とはいえ、みずから徴兵忌避者であった例である。」

（大江、前掲書、六九頁。）

国家が民衆を国民に、日本国家の兵士にしたてあげ、民衆の日常を奪い、彼らの生死を手中にしてしまうこの徴兵制度にたいし、消極的抵抗の域を出るものではないが、日本列島の各地域で、種々の徴兵忌避が発生するのは当然のことであった。

一般に民衆の間で行われたものとしては、次のようなものがあったといわれている。

「醤油を多量飲んで心臓の故障を誘発する」、「狂人になったふりをする」、「目にタバコの脂を入れ眼病を誘発する」、「鉄砲の引金が引けないように指を切り落す」、「行方をくらます。」などなどである。

このように、さまざまな徴兵忌避が行われたが、そのなかでも多かったのは、逃亡失踪であったと、大江は次のようにいう。


「きびしい罰則にもかかわらず、徴兵忌避は多かった。一番多いのは逃亡失踪であった。一八九七年(明治三〇)現在、逃亡失踪による徴兵忌避者数は四万八五五七人にたっしている。逃亡失踪者は満四〇歳までは時効がなく、この数字はこの年までの累計である。この年に満二〇歳となった壮丁の逃亡失踪者数は、五八五一人である。その年満二〇歳の逃亡失踪者数は、一八九〇年（明治二三）が四九二七人、一八九三年（明治二六）が六一〇一人である。毎年五―六〇〇〇人が逃亡している。」（同前書、一〇八頁。）

時代的背景、雰囲気というものがあるとはいえ、可能ならば戦争に参加はしたくない、したがって徴兵検査も逃れたいと思うのは、並の人間の当然の考えである。

賢治は違う。決然として、積極的に徴兵検査を受けるという。

戦争というものにたいしても賢治はこの際独特の理解を示している。明らかに人為的なものである戦争も、そしてそのなかで行われる殺人も、雪や風や雨と同様、「一心の現象」だという。

大正七年二月二十三日、父親に賢治はこのような手紙をだしている。

「戦争とか病気とか学校も家も山も雪もみな均しき一心の現象に御座候その戦争に行きて人を殺すと云ふ事も殺す者も殺される者も皆等しく法性に

御座候」（『宮沢賢治全集』(11)、四四頁。）

この賢治の運命論的見解にたいしては、口ぎたなくののしる人たちもいる。賢治は軍国主義者で、戦争の賛美者で、ファシストであるなどなど。次のような発言もある。

「徴兵検査を控えて賢治は、修行の目的を兼ねた兵役義務を考えるだけで、宗教的世界観から戦争の残酷さは書かれていない。つまり、シベリア出兵という重大な国事に直面して国民として兵役の義務をまともに受けようとしただけで、戦争をやらせる天皇制への懐疑あるいは反抗は全く表白しない。その背景には、天皇に身命を捧げるという、逆らえない天皇制に対する忠誠があるだけである。」（高漢範「宮沢賢治と天皇制―伊藤与蔵宛の手紙を中心に―」『江古田文学』第23号、江古田文学会、平成五年一月二十日、一二二頁。）

こういう類の戦争責任問題が浮上し、横行するのは、戦後民主主義の日常であった。

賢治の精神の根底には、戦争の善悪を超えるものがあるように思われる。運命とも呼べるような戦争を日常として生き、残された自分の人生のある瞬間に、精一っぱいの生を意識し、忠実に、積極的に自分の任務を遂行しながら、死への道をひたすら走る以外に出口のなかった人々にたいし、誰が臆病者、抵抗精神の欠如者などと、愚かな糾弾ができるというのか。

人の生死も極論すれば運命的なものだと賢治は考えている。このような賢治の主張に、近代主義者やヒューマニズム信奉者らは驚愕し、なんとひどい人間蔑視の暴言だとして、一蹴するにちがいない。

彼らが大切に積み重ねてきたと思っている自我の確立、主体性、人間愛などにたいし、賢治はまるで復讐でもするかのようである。

たしかに賢治の言辞を表面的に受け入れてしまえば、彼はきわめて危険な人物だという評価もなりたつかもしれない。しかし、みせかけだけのヒューマニズムや民主主義が、どれほど残酷な非人間的行為を行ってきたかを知るべきである。

人間の内面に食い込むことのない平和主義やヒューマニズムが、いかに脆弱で危険なものであるかを、人類は多くの体験を通して知っているはずである。痛点を避け、流血を避け、自分を常に安全地帯に置きながら、勇ましく平和や民主主義を説く人々が、いかほどの仕事をしてきたか。どれほどの人を救済したか。

人はどうして弱者を攻撃し、虐待し、強者を憧憬し、強者に依存しようとするのか。この人間の持っている悪への傾斜の心情を、徹底的にえぐりだすことなしに、戦争に対決する思想も行動も生れることはない。

昭和十六年に『自由からの逃走』のなかで発したE・フロムの次の声を、いま思い出しておきたい。

「ひとびとは近代デモクラシーの完成が、すべての陰険な力を拭いさってしまったと、なんの疑いもなく信じきっていた。いわば世界は、近代都市の明るく照明された街路のように、輝かしく安全なものに思われた。戦争は前世紀の最後の遺物であり、あと一回の戦争ですべての戦争は終るものと考えられていた。経済的危機も周期的にきはしたけれども、それもなお偶然と考えられた。ファシズムが台頭してきたとき、大部分のひとたちは、理論的にも実践的にも準備ができていなかった。いったい人間がこのような悪への傾向や力への渇望、このような弱いものの権利の無視や服従への憧れをもつことができるなどとは信ずることもできなかった。」(日高六郎訳『現代アメリカの思想』〈世界の思想15〉河出書房新社、昭和四十六年、二九〜三〇頁。)

賢治が素直に徴兵検査を受けようとする心情が、どうして即軍国主義や戦争に直結するのか。また徴兵のがれのために、あれこれ策を練ることがなぜ平和につながるのか。

賢治には自分を宇宙、大自然のなかの一部分であるとの認識がある。すべてをそこに投入し、運命的に生きようとする。

戦争が正か否か、徴兵が正か否かなどを、つきつめていえば、いったい誰が決定するのか。どの戦争が正しくて、どの戦争が間違っているかを決めるのはどこの誰なのか。審判者がいるとすれば、それは神とか仏しかない。賢治はそう考えているに違いない。

唐突かもしれないが、吉田満[※1]に登場してもらうことにする。吉田は昭和二十年四月の沖縄特攻作戦で戦艦大和に乗組み、奇跡的に生還し、この記憶のさめやらぬうちに、「戦艦大和ノ最期」を書いた人物である。この「戦艦大和ノ最期」は、「創元」という雑誌の創刊号に発表されるはずであったが、GHQの検閲により、「大和」への哀惜の念が強すぎ、再び戦争への期待が沸き上がるかもしれぬということで没にされた。そして、そのGHQの嵐が去れば、次に国内の「知識人」たちによる糾弾的評価が荒れ狂った。吉田は戦争賛美者だ、軍国主義者だ、などの批判、攻撃が渦まいた。吉田の本意の初版本は昭和二十七年まで待たねばならなかった。

吉田は『戦艦大和ノ最期』をめぐって」のなかで、こういったことがある。

「戦争否定の言動が、その意志さえあれば戦時下でも容易に可能であり、当然に為さるべき行為であったとするキレイ事の風潮が、敗戦後の日本社会に瀰漫した。そのことが、戦後日本に大きな欠落を生んだのではないか。あれほど莫大な犠牲をはらったにもかかわらず、日本人が敗戦の事実からほとんど学ぶことが出来なかった有力な原因が、そこにあるのではないか。戦後派の青年たちが、『平和』への努力がいかに厳しい試練であるかを見落としがちであり、世界の青年に伍して自立が遅れているのも、そのことと深くかかわっているのではないか。」(『戦中派の生死観』文芸春秋社、

1　吉田満(よしだ みつる)一九二三(大正十二)―一九七九年。東京生まれ、東大卒。小説家。在学中に学徒出陣で「戦艦大和」に乗り組む。九死に一生を得て「戦艦大和ノ最期」を書く。また、日本銀行行員として要職を歴任した。

昭和五十五年、九七頁。）

「戦争否定の言動」というものは、いかなる状況にあっても、本人の精神力で貫き通すことができるとする、じつに「おめでたい知識人」、「文化人」にたいする吉田の痛烈な批判がここにある。

吉田は「戦艦大和」に乗り組み、奇跡的に生還した経験のなかから、戦後社会に何を訴えようとしたのか。それはやすっぽい正義や平和主義ではない。あの肉片が飛び散る激しい闘いのなかで、その運命を正面から受け入れた自分の昂揚した精神を冷静に認識することから、戦後は始まるのだということを説いたのである。

反戦の言動を一貫してつらぬき、その尊い生命を断たれた人々にたいし、敬意を表するのは当然であるが、しかし、現実から目をそらし、「自分は悪い夢を見ていたのだ」として、あの現実から逃げることによって真の戦争責任論は生れない。

徴兵制の問題にしたって、なんとかしてその網の目をかいくぐり、徴兵を怠れることに成功したとしても、そういった消極的、逃避的行為によって、根源的な反戦思想や運動が生れることはない。

吉田の次のことばはきわめて重要な点を指摘している。徴兵忌避についてこういう。

「われわれ世代は、自己の肉体が戦場に召される時、それを命ずる権力に抵抗することを放棄した。…(略)…もちろん、徴兵忌避の行動に出た者が、絶無だったわけではない。その勇気は、敬服に値する。…(略)…その動機が、自分は戦争にかかわりたくない、戦争で手を汚したくないという保身から出たものならば、それが平和のために、戦争の絶滅のために役立つとは思えないのである。」(「死者の身代りの世代」『同前書』、一一二頁。)

与えられた環境のなかで、自分の任務に忠実で、勇猛果敢に精一っぱい闘った人間が、戦争犯罪人で、卑怯で臆病であった人間が平和主義者だったという評価が、まかり通る状況はいつもある。

このことの「つけ」は大きい。戦争責任の問題が常に課題を残すのは、現実直視を怠り、無責任な「良心派」に加担するからである。

人間の生も死も、前進も後退も、それぞれの避けられない運命で、その正否の判断は絶対者に委ねるしかないという諦観に、賢治はのめり込むことがある。賢治のこのひたむきさを権力迎合、体制擁護者として切って捨てることは簡単なことである。しかし、それは賢治から何をも学ぶことにならないということをいっておきたい。

苛酷な自然と土地制度の桎梏のなかで、日常の貧困にあえぐ生活者の論理は、賢治をひたすら走らせた。彼は到達不可能な道をひたすら走ったのである。吉田も賢治もその精神は符合する。

美しく散りたいという思いに拮抗し、それを凌駕するものを持ち合わせないかぎり、人は何に依拠しようとするのか。

賢治の作品の一つに、「烏の北斗七星」があるが、このなかでは次のような場面が描かれている。明日の戦争で、誰が勝者か敗者かわからない。また、どちらに道理があるかもわからない。それでも、こういう状況でも戦闘は行われるのである。

「そのうつくしい七つのマヂェルの星を仰ぎながら、あゝ、あしたの戦(たたかひ)でわたくしが勝つことがいゝのか、山烏がかつのがいゝのかそれはわたくしにはわかりません、たゞあなたのお考のとほりです、わたくしはわたしくにきまったやうに力いっぱいたゝかひます、みんなみんなあなたのお考へのとほりですとしづかに祈って居りました。」(『宮沢賢治全集』(8)、筑摩書房、昭和六十一年、五七頁。)

「烏(からす)の新らしい少佐は礼をして大監督の前をさがり、列に戻って、いまマヂェルの星の居るあたりの青ぞらを仰ぎました。(あゝ、マヂェル様、どうか憎むことのできない敵を殺さないでいゝやうに早くこの世界がなりますやうに、そのためならば、わたくしのからだなどは、何べん引き裂かれてもかまひません。）マヂェルの星が、ちやうど来てゐるあたりの青ぞらから、青いひかりがうらうらと湧きました。」（同前書、六〇頁。）

この世に存在する勝利、敗北、正義、不正義など、どこまでいっても相対的なもので、それを超えようとするところに、賢治の平和理念はある。「鳥の北斗七星」に登場する諦観にも似たあの静かな声は、死を日常的に生きたあの散華世代の精神にちかい。

自己保存、自己拡張のために侵略支配に血道をあげたヨーロッパ近代にたいし、絶対平和論を説いた文人がいた。保田与重郎[※2]である。彼はアジアの絶対平和論を主張した。絶対平和とは相対平和ではない。いかなる状況であろうと、干戈を交えていなければ是とすることを相対平和という。これはきわめて現実的政治的駆け引きのなかにみられる外交戦略の一つである。

太平洋戦争直後の喧噪ともいうべき平和主義や民主主義の嵐の裏にある浅慮

さを保田は嗤った。

国家や天皇制を批判するポーズをとりながら、じつは強力者に加担し、そのことが戦後日本の近代主義者たちの正義であった。

保田の絶対平和論について明解な次のような紹介がある。


「保田與重郎の絶対平和論は、近代の否定にその根拠をもってゐる。これは戦争に反対し、戦争を否定するといふ平和の論理、つまり戦争か平和かといふ考へ方の外にある論理である。近代文明とその論理の中で考へる限り、平和とは戦争のない状態を意味するに過ぎない。さういふ平和は相対

2　保田与重郎（やすだ　よじゅうろう）一九一〇（明治四十三）―一九八一年。奈良県生。東京帝大卒。文芸評論家・歌人。ロマン主義と日本回帰の主張で論壇・文壇に大きな影響を与える。亀井勝一郎らと「日本浪漫派」を創刊。「日本の橋」「近代の終焉」「現代畸人伝」等の著書がある。

論である。戦争よりどんな平和でも平和がましだといふ相対論では、卑怯な平和より王者の戦争を、といふ情念の昂揚した、美意識に強く訴へる主張に対して、人の生き方を根底とする論理において対抗できない。」（桶谷秀昭『保田與重郎』新潮社、昭和五十八年、一二四頁。）

世界、人類のすべてが平和に、そして幸福になるならば、そのためにならば、自分の生命など、いつでもくれてやるという高貴な精神は、近代の平和主義やヒューマニズムなどをはるかに超えたものである。

あとがき

爆発的人気とまではいかないが、依然として宮沢賢治の「受け」はおとろえることを知らないかのようである。

生誕百年祭が、各地で行われたのは、もう遠い昔のことのようでもあるが、彼の作品は、よく読まれ、賢治にかかわる研究書も次々と出版されている。

賢治人気の背景は、いったいどこにあるのであろうか。静かに考えてみなければならない。

これは、ただの「流行」というものではない。

それにしても、賢治の啜り泣きや慟哭は聞こえてきても、彼の笑声は依然として聞こえてはこない。

ますます彼の俯く姿は多くなり、腰も曲ってきているように思える。日本列島の現状に憂愁の涙を流しているにちがいない。

賢治は多くの童話を書いたが、この童話を通じて彼は何をいいたかったのか。何がいいたくなかったのか。

人は、それぞれ自分の関心に引きよせて賢治の主張を理解する。それはそれでいい。

私は彼の童話を貫いているものの一つに、未分化の世界、渾沌の世界を見る。万物がこの渾沌の状態にあったとき、世界の大調和があり、平和があった。

分化し、分割し、対象化してゆくところから不幸が生れ、悲劇が生れた。主と客、上と下、見るものと見られるもの、人間と他の生物といったように、すべてを分け、ある時から、人類は自分の知でもって、他の生物を支配しようとする傲慢な文明を生んだ。ヨーロッパ文明はその象徴である。それが近代というものであった。

その時から人類は神の意志や仏の慈悲のこころを見失った。賢治は、そういう近代の嵐の前に立ちはだかって、霊力でもって原初の魂を呼び戻そうとしたのである。

近代の一つの象徴ともいうべき「ヒューマニズム」についても、賢治は原初の目で見ているから、これは人間が人間だけを大切にし、他の生物を犠牲にする思想だと断言できるのである。

賢治は原初の精神を心の奥に宿し、搾取や支配のない自然の懐に抱かれた小鳥や鹿や猿と交信し、また一本の草や石ころのつぶやきも聞いたのである。

この原初の魂を自分のものにすることによって、賢治は自分の内面から他者を覗くことが可能となったのである。

人間と他の生物が一つになって躍動する世界、それは近代の世界とは異質のものであり、それらを突きぬけた宇宙空間である。そこに賢治は立って、霊力でもって全体をつかんだのである。

先にも引用し、重なる部分もあるが『注文の多い料理店』の「序」に、賢治は次のような文章を書いたのであった。

「これからのわたくしのおはなしは、みんな林や野はらや鉄道線路やらで、虹や月あかりからもらってきたのです。ほんたうに、かしはばやしの青い夕方を、ひとりで通りかかったり、十一月の山の風のなかに、ふるへながら立ったりしますと、もうどうしてもこんな気持がしてしかたがないのです。ほんたうにもう、どうしてもこんなことがあるやうでしかたがないといふことをわたくしはそのとほり書いたまでです。」

賢治の霊力のなかには、太古の昔に生存していたであろう生物たちとの共通語がよみがえっているのかもしれない。

彼が生涯、ほとんど離れることのなかった東北の地は、縄文文化の栄えた地であった。人間が他の生物と共生する雰囲気がながく残っていた地である。

この地から、日本人がとっくに忘れてしまった記憶を呼び戻そうと賢治は懸命だったのである。

『宮沢賢治――縄文の記憶』(風媒社刊)を書いたのが、平成八年だったから、あれから相当の年月が流れている。いうまでもなく本書は、この前書の延長線上にあるものであり、それをベースにしていることをお断りしておきたい。それと同時に風媒社の稲垣さんには改めてお礼を申し上げておきたい。

この間、賢治をめぐって、いろいろな人の賢治研究が生れた。これからも賢治にかかわる研究がおとろえることはないであろう。

三十七歳で逝ってしまった賢治の遺産は、私のような凡人が百年かかっても、まねのできるものではない。私は賢治を天才と呼ぶ。

努力の積み重ねで到達できるものには限界があるが、私はいずれの日にか、その限界まで力を振り絞ってみたいと思っている。

私は前著の「あとがき」で、こう書いていた。

「このようにして散っていくことの美しさに酔ってはなるまいが、同時に、こうした犠牲のうえになりたつ美への感情を押しつぶしてよしとするほど、いまのわれわれは立派なものを持ち合せているわけではないということも考えておかねばなるまい。美しく散りたいという思いと拮抗し、それをついに凌駕しうるものがないかぎり、人はまたこの散華のこころざしを拝むしかない。」

今日も、その気持は変ってはいない。

最後になりましたが、また海風社の皆様には御迷惑をおかけすることになりました。ありがとうございました。

平成二十六年七月

宮沢賢治 年譜

年	年齢	事項	作品
明治二十九（一八九六）	○歳	八月　父政次郎、母イチの長男として岩手県稗貫郡里川口村（現花巻市）に生まれる	
明治三十六（一九〇三）	七歳	花巻川口町立花巻川口尋常高等小学校に入学	
明治三十九（一九〇六）	十歳	父の始めた「我信念講話」に参加	
明治四十（一九〇七）	十一歳	鉱物採集に熱中し、家人から「石っこ賢さん」と呼ばれる	
明治四十二（一九〇九）	十三歳	四月　岩手県立盛岡中学校（現盛岡第一高等学校）入学、寄宿舎自彊寮に入る 鉱物採集に熱中	
明治四十四（一九一一）	十五歳	哲学書を愛読。短歌の創作開始	
明治四十五 大正元（一九一二）	十六歳	この年、「歎異鈔」を読み感動する	

年	年齢	事項	作品
大正二（一九一三）	十七歳	三月　寄宿舎新舎監排訴運動で全員退寮させられ、賢治は盛岡市北山、清養院（曹洞宗）に下宿	
大正三（一九一四）	十八歳	三月　盛岡中学校卒業。家業を手伝いながら高等農林学校受験準備	
大正四（一九一五）	十九歳	盛岡市北山の教浄寺（時宗）に下宿 盛岡高等農林学校（現岩手大学農学部）農学科第二部に入学。寄宿舎自啓寮に入る	
大正五（一九一六）	二十歳	七月　関教授の下で盛岡地方の地質調査	
大正六（一九一七）	二十一歳	一月　家の商用で上京 四月　盛岡中学に入学した弟清六と盛岡市内に下宿	『校友会会報』に短歌「雲ひくき峠等」発表。同人誌『アザリア』を創刊。短歌「みふゆのひのき」、短編「『旅人のはなし』から」などを発表
大正七（一九一八）	二十二歳	父と卒業後の進路について対立 三月　盛岡高等農林学校卒業 四月　研究生となる。徴兵検査、徴兵免除 六月　肋膜炎となり一カ月静養 十二月　妹トシ入院との報せで母と上京	童話の制作を始める 『アザリア』に短編「峯や谷は」を発表 童話「蜘蛛となめくじと狸」、「双子の星」を家族に読んで聞かせる

年	年齢	事項	作品
大正八（一九一九）	二十三歳	東京で宝石業開業を計画、父が反対 三月　退院したトシと共に帰郷。家事に従事	
大正九（一九二〇）	二十四歳	五月　盛岡高等農林学校研究生修了。関教授からの助教授推薦の話を辞退 十一月　国柱会に入会。父にも改宗をせまる	短編「猫」「ラジュウムの雁」「女」
大正十（一九二一）	二十五歳	一月　無断で上京。国柱会本部で高知尾智耀に会う。本郷菊坂町に下宿。校正、筆耕の仕事をしながら街頭布教や奉仕活動をする 八月　トシの病気の報に帰郷 十二月　稗貫郡立稗貫農学校（後の県立花巻農学校）教諭に就任	童話「あまの川」「雪渡り」「竜と詩人」「かしはばやしの夜」「鹿踊りのはじまり」「どんぐりと山猫」「月夜のでんしんばしら」「注文の多い料理店」「狼森と笊森、盗森」など
大正十一（一九二二）	二十六歳	十一月　妹トシ死去、衝撃を受ける。「永訣の朝」「松の針」「無声慟哭」を書く	心象スケッチ「屈折率」「くらかけの雪」「水仙月の四日」「小岩井農場」「イギリス海岸」
大正十二（一九二三）	二十七歳	一月　上京、弟清六に童話の原稿を出版社に持ち込ませるが断られる	詩「心象スケッチ外輪山」、童話「やまなし」「氷河鼠の毛皮」「シグナルとシグナレス」。国柱会機関紙『天業民報』に詩「青い槍の葉」他を発表

年	年齢	事項	作品
大正十三（一九二四）	二十八歳	四月　花巻病院の花壇を設計 七月　辻潤が『春と修羅』を「読売新聞」紙上で激賞 八月　農学校で「ポランの広場」「種山ヶ原の夜」などを生徒に上演させる 十二月　佐藤惣之助が「日本詩人」紙上で『春と修羅』を激賞	童話「風の又三郎」の原稿筆写を教え子に依頼 『春と修羅』（関根書店）を自費出版 イーハトーヴ童話『注文の多い料理店』を刊行 「銀河鉄道の夜」初稿成立
大正十四（一九二五）	二十九歳	一月　鈴木三重吉が主宰する雑誌『赤い鳥』に『注文の多い料理店』の広告が出る 十一月　東北大学の早坂一郎博士をイギリス海岸に案内してバタグルミ化石を採集	
大正十五 昭和元（一九二六）	三十歳	三月　花巻農学校を依願退職 四月　花巻町下根子桜で自炊生活を開始 五月　開墾や音楽の練習、レコードコンサートを始める。この頃より町内や近郊に肥料設計事務所を設け、肥料相談や設計を始める 八月　羅須地人協会を設立	尾形亀之助編集『月曜』に「オツベルと象」「ざしき童子のはなし」「寓話猫の事務所」を発表

年	年齢	事項	作品
大正十五 昭和元 （一九二六）	三十歳	十二月　チェロを持って上京。上野図書館やタイピスト学校で勉強。オルガン、チェロの練習、エスペラントを学習。29日、帰郷	
昭和二 （一九二七）	三十一歳	一月　羅須地人協会で講義 二月『岩手日報』に羅須地人協会の趣旨、内容に関する記事が出る 六月頃までに、約二千枚の肥料設計を行う 十二月　花巻温泉南斜花壇を造る	詩「陸中国挿秧之図」「イーハトーブの氷霧」
昭和三 （一九二八）	三十二歳	三月　稗貫郡石鳥谷で肥料相談に応じる 六月　日照りで稲作指導に奔走 十二月　急性肺炎になる	『聖燈』に「稲作挿話」（未定稿）を発表 伊豆大島旅行、「三原三部」を書く
昭和四 （一九二九）	三十三歳	病臥続く 四月　東北砕石工場主の鈴木東蔵が来訪、以後交際が始まる。病床に中国の詩人で、陸軍士官学校生が訪問。高等数学を勉強	
昭和五 （一九三〇）	三十四歳	病状やや回復し、園芸に熱中	『文芸プランニング』に詩「遠足許可」等四編を発表

年	年齢	事項	作品
昭和六（一九三一）	三十五歳	二月　東北砕石工場技師就任 九月　石灰宣伝で上京中に発熱、遺書を書く 二十八日、帰郷、自宅で病臥 十一月　手帳に「雨ニモマケズ」を書き留める	童話「北守将軍と三人兄弟の医者」「風の又三郎」の執筆進む
昭和七（一九三二）	三十六歳		『児童文学』第二冊に「グスコーブドリの伝記」を発表。挿絵は棟方志功。
昭和八（一九三三）	三十七歳	八月　病状悪化にもかかわらず農民の肥料相談に応じる 九月　法華経一千部を印刷して知人に配布するよう父に遺言して、死去。二十三日　安浄寺（浄土真宗大谷派）で葬儀。法名「真金院三不日賢善男子」	『天才人』に童話「朝に就ての童話的構図」を発表 『現代日本詩集』に「郊外」「県道」を発表 『女性岩手』に「花鳥図譜七月」発表

※花巻市ホームページを参考に編集部が作成

主要引用・参考文献（宮沢賢治の作品は省略）

松永伍一『ふるさと考』講談社、昭和五十年
鳥山敏子『賢治の学校』サンマーク出版、平成八年
草野心平編『宮沢賢治研究』（Ⅱ）、筑摩書房、昭和四十四年
安藤玉浩『「賢治精神」の実践――松田甚次郎の共働村塾』農山漁村文化協会、平成四年
半谷清壽『将来之東北』モノグラム社、明治三十九年
真壁仁『みちのく山河行』法政大学出版会、昭和五十七年
横井時敬『横井博士全集』第九巻、横井全集刊行会、昭和二年
筑波常治『日本農業技術史』地人書館、昭和三十四年
中村稔『宮沢賢治』筑摩書房、昭和四十七年
青江舜二郎『宮沢賢治――修羅に生きる』講談社、昭和四十九年
小倉倉一『近代日本農政の指導者たち』農林統計協会、昭和二十八年
高橋康雄『宮沢賢治の世界』第三文明社、昭和四十七年
中沢新一『哲学の東北』青土社、平成七年

久野収・鶴見俊輔『現代日本の思想――その五つの渦』岩波書店、昭和三十一年
菅谷規矩雄『宮沢賢治序説』大和書房、昭和五十五年
堀尾青史『宮沢賢治年譜』筑摩書房、平成三年
岡本太郎『日本の伝統』光文社、平成十七年
ポール・ラファルグ『怠ける権利』〈田淵晋也訳〉人文書院、昭和四十七年
柳田国男『定本柳田国男集』第四巻、筑摩書房、昭和三十八年
網野善彦『異形の王権』平凡社、昭和五十五年
多田道太郎『遊びと日本人』角川書店、昭和五十五年
村井紀『南島イデオロギーの発生』太田出版、平成七年
西田良子『宮沢賢治論』桜風社、昭和五十六年
谷川健一『白鳥伝説』集英社、昭和六十一年
『日本書紀』(11)、坂本太郎・家永三郎・井上光貞・大野晋校注、岩波書店、平成六年
皆川美恵子・松山雅子『宮沢賢治・千葉省三』大日本図書、昭和六十一年
梅原猛『日本の深層――縄文・蝦夷文化を探る――』集英社、平成六年
沢史生『閉ざされた神々』彩流社、昭和五十九年
久慈力『宮沢賢治――世紀末を超える予言者』新泉社、平成一年
『江古田文学』第二十三号、江古田文学会、平成五年冬
橋川文三『標的周辺』弓立社、昭和五十二年

中村文昭『宮沢賢治』冬樹社、昭和四十八年
佐藤隆房『宮沢賢治』冨山房、昭和十七年
小沢俊郎『宮沢賢治論集（1）――作品研究・童話研究』有精堂、昭和六十二年
上田哲『宮沢賢治――その理想世界への道程』明治書院、昭和六十年
多田幸正『宮沢賢治――愛と信仰と実践』有精堂、昭和六十二年
『法華経』（下）、坂本幸男・岩本裕訳注、岩波書店、昭和四十七年
草野心平編『宮沢賢治研究』（1）、筑摩書房、昭和三十三年
梅原猛『賢治の宇宙』佼成出版、昭和六十年
福田清人・岡田純也『宮沢賢治』清水書院、昭和四十一年
『宮沢賢治』〈現代詩読本〉思潮社、昭和五十八年
大江志乃夫『徴兵制』岩波書店、昭和五十六年
菊地邦作『徴兵忌避の研究』立風書房、昭和五十五年
E・フロム「自由からの逃走」、日高六郎訳『現代アメリカの思想』〈世界の思想15〉、河出書房新社、昭和四十六年
吉田満『戦中派の生死観』文芸春秋社、昭和五十五年
桶谷秀昭『保田與重郎』新潮社、昭和五十八年
定村忠士『悪路王伝説』日本エディタースクール出版部、平成四年
松田司郎『宮沢賢治の童話論』国土社、昭和六十一年

吉本隆明『悲劇の解読』筑摩書房、昭和六十年
貝田宗介『宮沢賢治――存在の祭りの中へ』岩波書店、昭和五十九年
宮城一男『宮沢賢治の生涯』筑摩書房、昭和五十五年
根本正義『鈴木三重吉の研究』明治書院、昭和五十三年
相沢史郎『〈ウラ〉の文化』時事通信社、昭和五十一年
境忠一『宮沢賢治論』桜風社、昭和五十年
万田務『人間宮沢賢治』桜風社、昭和四十八年
境忠一『評伝・宮沢賢治』桜風社、昭和四十三年
松田甚次郎『土に叫ぶ』羽田書店、昭和十三年
高橋富雄『東北の歴史と開発』山川出版、昭和四十八年
広瀬正明『宮沢賢治「玄米四合」のストイシズム』朝文社、平成二十五年
鶴田静『宮沢賢治の菜食思想』晶文社、平成二十五年
門屋光昭『鬼と鹿と宮沢賢治』集英社、平成十二年

【著者略歴】
綱澤 満昭（つなざわ みつあき）

1941年　満州（中国東北部）に生まれる
1965年　明治大学大学院修士課程修了
　　　　専攻は近代日本政治思想史
現　在　近大姫路大学学長
　　　　近畿大学名誉教授

主要著書　『日本の農本主義』（紀伊國屋書店）
　　　　　『農本主義と天皇制』（イザラ書房）
　　　　　『未完の主題』（雁思社）
　　　　　『柳田国男讃歌への疑念』（風媒社）
　　　　　『宮沢賢治－縄文の記憶』（風媒社）
　　　　　『日本近代思想の相貌』（晃洋書房）
　　　　　『鬼の思想』（風媒社）
　　　　　『愚者の精神史きれぎれ』（海風社）
　　　　　『思想としての道徳・修養』（海風社）　など。

宮沢賢治の声
―啜り泣きと狂気―

二〇一五年一月二十日　初版発行

著　者　綱澤満昭
発行者　作井文子
発行所　株式会社　海風社
〒550-0011　大阪市西区阿波座一―九―九
阿波座パークビル701
TEL　〇六―六五四一―一八〇七
振　替　〇〇九一〇―二―三〇〇〇六
印刷・製本　モリモト印刷　株式会社

ISBN 978-4-87616-033-4　C0036

カバー画・挿絵　井上龍彦
装　幀　ツ・デイ

論考

愚者の精神史きれぎれ
農本主義から柳田国男、宮沢賢治、そして鬼

綱澤 満昭 著

978-4-87616-014-3 C0039

かつて「柳田学批判」への転向を恐れることなくやってのけた著者綱澤満昭が自らの「日本の近代思想史研究」の道のりを振り返るとき、自在に語られる農本主義から柳田国男、宮沢賢治、そして鬼論。必然のつながりが鮮やかに浮かび上がる。

B6判／一九六頁　定価（本体一九〇〇＋税）円

論考

思想としての道徳・修養

綱澤 満昭 著

978-4-87616-022-8 C0037

道徳なき時代といわれる現代。本書は「道徳・修養」を懐古的に礼賛するものではなく、位置した時代によって変質した道徳・修養というものの本質を衝く。道徳の教科化がいわれているいま、ぜひ読んでほしい書。

B6判／二六四頁　定価（本体一九〇〇＋税）円

論考

宮沢賢治の声
～啜り泣きと狂気

綱澤 満昭 著

978-4-87616-033-4 C0036

父との確執、貧農への献身と性の拒絶……。その宮沢賢治の短い生涯をたどりながら、彼の童話の原点を近代日本が失った思想として読み解く。賢治よ、現代人を、縄文に回帰させせよ。

B6判／二一六頁　定価（本体一九〇〇＋税）円

民俗

南島叢書96

唄者 武下和平のシマ唄語り

著者 武下 和平／聞き手 清 眞人

978-4-87616-029-7 C0339

元ちとせ、中孝介らのルーツをたどればこの人に行き着くという、奄美民謡（シマ唄）の第一人者 武下和平による初のシマ唄解説書。話題は奄美の歴史・文化・風習にも及ぶ。録り下ろしCD（61分）付き！

A5判／二〇八頁　定価（本体二〇〇〇＋税）円

ワークブック

全文英語

SUMI woakbook

Christine Flint Sato 著

978-4-87616-031-0 C1070

〝墨と筆は魅力的だけど、「書道」となるとむずかしそう。もっと気軽に習いたい〟そんな多くの外国人の要望に応えたワークブック。筆の持ち方・進め方、自在な表現法、水墨画に近い魅力等を分かりやすく解説。

A4判／一三六頁　定価（本体二〇〇〇＋税）円